GEORGE

ALEX GINO

George
Simplemente sé tú mismo

Traducción de **Noemí Sobregués**

NUBE **DE TINTA**

Título original: *George*

Primera edición: marzo de 2016
Tercera reimpresión: febrero de 2020

Printed in Spain – Impreso en España

ISBN: 978-84-15594-75-8
Depósito legal: B-2.076-2016

Compuesto en La Nueva Edimac, S. L.
Impreso en Romanyà Valls
Capellades (Barcelona)

NT 9 4 7 5 8

Penguin
Random House
Grupo Editorial

Para ti,
que tantas veces
te sentiste diferente

1

Secretos

George sacó una llave plateada del bolsillo más pequeño de una gran mochila roja. Su madre la había cosido al bolsillo para que no la perdiera, pero, con la mochila en el suelo, la cinta no llegaba a la cerradura, así que George tenía que mantenerse en equilibrio con una pierna y apoyar la mochila en la rodilla de la otra. Movió la llave hasta que encajó en la cerradura.

Entró a trompicones y gritó: «¡¿Hola?!». Todas las luces estaban apagadas. Aun así, George quiso asegurarse de que no había nadie en casa. La puerta de la habitación de su madre estaba abierta, y la cama estaba hecha. En la habitación de Scott tampoco había nadie. Segura de que estaba sola, George entró en la tercera habitación, abrió la puerta del armario y observó el montón de peluches y juguetes de todo tipo. Nadie los había tocado.

Su madre se quejaba de que George llevaba años sin jugar con aquellos juguetes y decía que debían donarlos a familias necesitadas. Pero George sabía que los necesitaba allí, vigilando su colección más querida y secreta. Metió la mano por debajo de los ositos y los conejos de peluche y sintió una bolsa de tela vaquera. Con ella en la mano, corrió al cuarto de baño, cerró la puerta y echó el pestillo. Sujetó la bolsa con ambas manos contra su pecho y se sentó en el suelo.

Mientras dejaba la bolsa vaquera a un lado, las suaves y escurridizas páginas de una docena de revistas resbalaron por las baldosas del suelo del cuarto de baño. Las portadas prometían CÓMO TENER UNA PIEL PERFECTA, DOCE CORTES DE PELO VERANIEGOS, CÓMO DECIRLE A UN CHICO QUE TE GUSTA y MODELOS DIVERTIDOS PARA EL INVIERNO. George solo era unos años más joven que las chicas que le sonreían desde las páginas de las revistas. Imaginaba que eran sus amigas.

Cogió una revista del mes de abril que había hojeado mil veces. El crujido de las páginas avivaba el tenue olor del papel.

Se detuvo en una foto de cuatro chicas en la playa. En bañador, una al lado de la otra, cada una con una pose. A la derecha de la página, el texto recomendaba diversos estilos de bañador en función del tipo de cuerpo. A George los cuerpos le parecían iguales. Todos eran cuerpos de chica.

En la página siguiente, dos chicas sentadas en una manta, riéndose, cogidas por los hombros. Una llevaba un biquini de rayas, y la otra, un bañador de lunares con aberturas en las caderas.

Si George estuviera allí, se mezclaría con ellas, se reiría y uniría sus brazos a los de ellas. Llevaría un biquini rosa fucsia y tendría una melena que a sus nuevas amigas les encantaría trenzar. Le preguntarían cómo se llama, y ella les diría: «Me llamo Melissa». Melissa era el nombre con el que se llamaba a sí misma delante del espejo cuando nadie la veía y podía cepillar su pelo castaño rojizo hacia delante, como si llevara flequillo.

George dejó atrás llamativos anuncios de bolsos, de pintaúñas, de los últimos modelos de móvil e incluso de tampones. Se saltó un artículo sobre cómo hacer pulseras y otro con consejos para hablar con los chicos.

Había empezado a coleccionar revistas por casualidad. Dos veranos antes había visto un número atrasado de *Girls' Life* en el contenedor de papel de la biblioteca. La palabra «girl» le llamó la atención de inmediato, así que se metió la revista dentro de la chaqueta para echarle un vistazo después. No tardó en llegar otra revista de chicas, en esa ocasión rescatada de un cubo de basura, delante de su casa. El fin de semana siguiente encontró la bolsa vaquera en un mercadillo por veinticinco centavos. Tenía la medida perfecta para revistas y se cerraba con una cremallera. Fue como si el universo hubiera querido que pudiera guardar a salvo su colección.

George se detuvo en un artículo de dos páginas que decía MODELA TU ROSTRO CON MAQUILLAJE. Aunque nunca se había maquillado, leyó atentamente la gama de colores de la parte izquierda de la página. El corazón le latía con fuerza en el pecho. Se preguntó cómo se sentiría con los labios pintados. A George le encantaba ponerse crema de cacao. La utilizaba todo el invierno, tanto si tenía los labios cortados como si no, y cada primavera escondía el tubo para que no lo viera su madre y lo utilizaba hasta que se acababa.

George oyó un ruido fuera y pegó un brinco.

Miró por la ventana hacia la puerta de la calle, que estaba justo debajo. No vio a nadie, pero la bici de Scott estaba en la entrada, con la rueda de atrás todavía girando.

¡La bici de Scott! Eso quería decir que había llegado Scott. Scott era el hermano mayor de George, y había empezado el instituto. Sintió un escalofrío. No tardó en oír fuertes pasos subiendo la escalera hasta el primer piso. La puerta del cuarto de baño se sacudió. Fue como si Scott sacudiera la caja torácica de George, con el corazón dentro.

¡Bang! ¡Bang! ¡Bang!

—¿Estás ahí, George?

—S-sí.

Las brillantes revistas estaban esparcidas por el suelo. Las amontonó y las metió en la bolsa vaquera. El corazón le golpeaba el pecho casi con la misma fuerza que el pie de Scott contra la puerta.

—¡Oye, hermano, necesito entrar! —gritó Scott desde el otro lado.

George cerró la cremallera lo más silenciosamente posible y buscó un sitio en el que esconder la bolsa.

No podía salir con ella. Scott querría saber qué había dentro. El único armario del cuarto de baño estaba lleno de toallas y no se cerraba del todo. En cualquier caso, no servía. Al final, colgó la bolsa del grifo de la ducha y cerró la cortina con la desesperada esperanza de que Scott no descubriera la higiene personal en aquel preciso momento.

Scott entró corriendo en cuanto George abrió la puerta y empezó a desabrocharse los vaqueros antes de haber llegado al váter. George salió a toda prisa, cerró la puerta y se apoyó en la pared para recuperar el aliento. Seguramente la bolsa seguía balanceándose en la ducha. George esperaba que no chocara con la cortina o, peor, que no se cayera y aterrizara en la bañera con un golpe.

Como George no quería que Scott la encontrara al lado de la puerta al salir del baño, bajó a la cocina. Se sirvió un vaso de zumo de naranja y se sentó a la mesa con un cosquilleo en la piel. Fuera pasó una nube, que oscureció la cocina. Cuando oyó la puerta del baño abriéndose, George dio un brinco en su silla y se derramó parte del zumo en la mano. Cayó en la cuenta de que apenas había respirado.

Pam, pam, pam-pam-pam-pam-pam. Scott llegó ruidosamente a la planta baja con un DVD en la mano. Abrió la puerta del frigorífico, sacó el tetrabrik de zumo de naranja y le pegó un gran trago. Llevaba una camiseta negra y vaqueros con un pequeño agujero en la rodilla. Como hacía meses que no se cortaba el pelo, rizado y oscuro, parecía que llevara una fregona en la cabeza.

—Perdona que te haya interrumpido la cagada.

Scott se limpió el zumo de los labios con el antebrazo.

—No estaba cagando —le contestó George.

—¿Y por qué tardabas tanto?

George dudó.

—Ah… Ya sé —dijo Scott—: apuesto a que estabas con una revista.

George se quedó paralizada, con la boca entreabierta, pensando. Le entraron sofocos y le dio vueltas la cabeza. Apoyó las manos en la mesa para asegurarse de que seguía allí.

—Muy bien. —Scott sonrió, ajeno al pánico de George—. ¡Ese es mi hermanito! Crece y hojea revistas guarras.

—Oh —dijo George en voz alta.

Sabía lo que eran las revistas guarras. Casi se rió. Las chicas de las revistas que hojeaba llevaban mucha más ropa, incluso las que estaban en la playa. George se relajó, al menos un poco.

—No te preocupes, George. No se lo contaré a mamá. De todas formas, me largo otra vez. Solo he venido a coger esto. —Scott agitó la bolsa de plástico negra que llevaba en la mano, y se oyó el ruido del DVD que contenía—. Todavía no la he visto, pero se supone que es un clásico. Alemana. El título significa algo así como *La sangre del diablo*. Unos zombis arrancan el brazo a un tío y lo matan, y otro tío tiene que utilizar el brazo arrancado de su amigo muerto para luchar contra ellos. Increíble.

—Suena asqueroso —dijo George.

—¡Sí! —Scott asintió entusiasmado.

Dio otro trago de zumo de naranja, volvió a meter el tetrabrik en el frigorífico y se dirigió a la puerta.

—Te dejo que sigas pensando en chicas —bromeó mientras salía.

George subió corriendo al baño, recuperó su bolsa y la metió en el fondo del armario, debajo de los juguetes y de los peluches. Colocó encima una pila de ropa sucia, por si acaso. Luego cerró la puerta, se dejó caer boca abajo en la cama, cruzó las manos por encima de la cabeza, presionó los codos contra los oídos y deseó ser otra persona, cualquier otra.

2

Carlota muere

La señorita Udell estaba inclinada sobre su inmensa mesa, leyendo a su clase de cuarto un destrozado ejemplar de *La telaraña de Carlota*, de E. B. White. Llevaba el pelo negro recogido en un moño bajo, y de sus grandes lóbulos colgaban unos pendientes de madera.

George, sentada junto a la ventana, no la escuchaba. No pensaba. Carlota, la maravillosa y amable araña, había muerto y todo iba mal. Todo el libro trataba de Carlota salvando al cerdito Wilbur, y de repente va y se muere. No era justo. George se llevó los puños a los ojos y frotó hasta que filas y filas de diminutos triángulos giraron y brillaron en la oscuridad.

Una lágrima cayó en el libro de George y se extendió por la página como una tela de araña. George tomó aire despacio, intentando no hacer ruido. Una ligera inspiración tras otra hasta que se mareó. Respiró hondo y, al hacerlo, soltó un sollozo. Alto. Oyó claramente susurros en la silenciosa clase.

—Eh, alguna chica está llorando por una araña muerta.

—No es una chica. Es George.

—Viene a ser lo mismo.

Y risas.

George no se giró para mirar. No era necesario. Sabía exactamente lo que vería. Rick se sentaba dos filas por detrás de George, y Jeff, detrás de Rick. Jeff se habría inclinado hacia delante y habría acercado su pelo de punta al hombro de Rick. Este, con su camiseta de béisbol de color negro brillante, se habría reclinado hacia atrás. Los dos se cubrirían la boca con las manos e intentarían no hacer ruido, sin gran empeño.

Tiempo atrás, George y Rick habían sido amigos, o al menos tenían buena relación. En segundo había habido un campeonato de damas, y George y Rick habían sido los dos mejores jugadores. La última partida del campeonato estuvo muy reñida, y al final Rick le comió su última ficha y le ganó. Aunque George había perdido, los dos se llamaron mutuamente «campeón de damas» durante semanas.

En tercero, Jeff llegó a su clase. Hasta entonces había vivido en California, y no le gustaba haber tenido que mudarse. Al principio provocó varias peleas y amenazaba a casi todos los niños, incluso a George. Pero en octubre se había integrado y, en cuanto Jeff y Rick se hicieron amigos, Rick dejó de llevarse bien con George. Hacia las vacaciones de invierno, Jeff y Rick eran inseparables, y los «campeones de damas» eran como dos niños que se hubieran conocido hacía tiempo, pero que no se hubieran vuelto a ver.

La señorita Udell miró a los niños que se reían, carraspeó y leyó el último párrafo del capítulo. Sus alumnos eran lo bastante mayores para que rara vez les leyera en voz alta, pero aquel día quería que se centraran en lo que llamaba la «grandiosa melancolía de los últimos momentos de Carlota».

Cuando acabó, la señorita Udell cerró el libro, lo dejó encima de un montón de papeles, sobre su mesa, y se quitó las gafas.

—Me gustaría que todos vosotros sacarais vuestros cuadernos y dedicarais unos minutos a vuestras reacciones a este capítulo. Podéis tomaros un momento para pensarlo, pero luego moved los lápices. Quiero que profundicéis y que empleéis palabras sentidas.

El ruido de los niños sacando los cuadernos del pupitre, pasando páginas y buscando lápices invadió la clase 205. La señorita Udell avanzó por el pasillo hasta Jeff y Rick, y habló con ellos en privado. Como su voz se mezclaba con el ruido de la clase, George apenas la oía, aunque estaba a solo dos asientos de distancia.

—Algunos nos tomamos la muerte muy en serio. —Las palabras de la señorita Udell eran glaciales. Su mirada pasaba de Jeff a Rick, que no levantaban los ojos de sus zapatillas—. Es un tema importante, así que espero que mostréis respeto por vosotros mismos, por vuestros compañeros y por la vida misma tratándolo como tal.

Jeff y Rick pidieron perdón entre susurros. George no estaba segura de si sus poco entusiastas disculpas eran por ella, por la señorita Udell o por Carlota. No estaba segura de si le importaba. En cuanto la señorita Udell se giró, Jeff puso los ojos en blanco. Jeff se pasaba el día poniendo los ojos en blanco, y en general añadía algún comentario sarcástico.

La señorita Udell pasó por el pupitre de George.

—Sinceramente, no sé qué pensar de una persona que no llora al final de *La telaraña de Carlota*.

—Usted no ha llorado —murmuró George.

—Lloré las tres primeras veces… y muchas otras después. —La señorita Udell se calló, y por un momento pareció que se le iban a saltar las lágrimas—. Lo que quiero decir es que hay que ser una persona especial para llorar con un libro. Significa que se siente compasión y que se tiene imaginación. —La señorita Udell dio unas palmaditas en el hombro a George—. No las pierdas nunca, George, y estoy segura de que te convertirás en un buen hombre.

La palabra «hombre» la golpeó como si le hubieran caído en la cabeza un montón de piedras. Era cien veces peor que «chico», y se le cortó la respiración. Se mordió el labio con fuerza y sintió que se le llenaban los ojos de lágrimas. Apoyó la cabeza en el pupitre y deseó ser invisible.

La señorita Udell volvió con la tablilla para ir al baño. Era un trozo de madera raída de una clase de parvulario, y en una cara habían escrito NIÑOS con rotulador verde indeleble. George le dio la vuelta de un manotazo para que la cara visible fuera la que decía CLASE 205.

La señorita Udell apoyó la mano en el hombro de George, que se apartó y se levantó. Sus ojos llenos de lágrimas apenas le permitían ver el camino hasta la puerta de la clase, de modo que avanzó hasta el pasillo más de memoria que por la vista. Entró a trompicones, sollozando, en el cuarto de baño…, el cuarto de baño de los niños. Le temblaban los labios, y las lágrimas saladas le resbalaban hasta la boca.

George odiaba el baño de los niños. Era el peor sitio del colegio. Odiaba el olor a pis y a lejía, y odiaba las baldosas azules de la pared, que te recordaban dónde estabas, como si los urinarios no lo hicieran lo bastante obvio. Todo el cuarto de baño estaba pensado para los niños, y cuando los niños estaban allí, les gustaba hablar sobre lo que tenían entre las piernas. George intentaba no utilizarlo cuando había algún niño dentro. Nunca bebía en los surtidores de agua del colegio, aunque tuviera sed, y en ocasiones aguantaba todo el día sin pasar por el baño ni una sola vez.

Acercó la cara al grifo y se echó agua fría por el cuello hasta sentir escalofríos. Luego se frotó la cabeza con varias toallas de papel. Se pasó los dedos por el pelo húmedo y se lanzó una débil sonrisa en el espejo.

De vuelta en el pasillo, sujetó la tablilla entre los dedos y sintió su vibración en la mano mientras la arrastraba por la pared. En el pasillo retumbaba el chasquido de la tablilla de madera rasgando las delgadas líneas de cemento entre las baldosas.

Abrió la puerta de la clase despacio, temiendo las risas, pero los alumnos estaban tan concentrados en sus cuadernos que no se dieron cuenta de que había vuelto. En la pizarra estaba escrito el tema «Reacciones personales», con la esmerada letra de la señorita Udell. George sacó su cuaderno y anotó la fecha y el tema. Justo cuando había escrito «Carlota ha muerto», se acabó el tiempo de escritura.

La señorita Udell no pidió a nadie que leyera en voz alta. Lo que hizo fue dirigirse a la clase.

—¡Mañana empieza la diversión de verdad! De momento, me complace decir que hemos terminado por hoy. —Habló como si estuviera recitando un poema breve—. Guardad vuestros cuadernos y veremos qué fila está lista para recoger sus cosas.

Con «diversión», la señorita Udell aludía a la obra de teatro de *La telaraña de Carlota* que las dos clases de cuarto representarían para las clases de los más pequeños. En la escuela era tradición que cada primavera todos los alumnos de los primeros cuatro cursos leyeran el mismo libro. A los de primero les leía la historia su profesor, y a veces participaban incluso los de párvulos. Luego cada curso tenía una especie de proyecto. Como los de cuarto eran los mayores, hacían una representación del libro para los cursos inferiores y para la asociación de padres. El único curso que no participaba era quinto, porque los alumnos tenían que centrarse en los exámenes de primavera para asegurarse de que se graduarían y pasarían a secundaria.

La señorita Udell había llamado a cuatro filas de alumnos, y el sonido de cremalleras y de mochilas cayendo sobre pupitres de madera invadía la clase. La fila de George era la última, y los niños de esa fila no apartaban los ojos de la señorita Udell.

—Fila uno.

Las sillas chirriaron contra el suelo. George recogió sus cosas despacio, demorándose todo lo que pudo antes de unirse a la fila de los niños. Quería colocarse lo más lejos posible de Jeff y de Rick.

La clase de la señorita Udell cruzó los pasillos del colegio y bajó al patio. Los niños que iban en autobús se separaron del grupo, y los demás esperaron con la señorita Udell a sus padres, abuelos o canguros. George se dirigió a la fila de su autobús.

—¡George, espera! —oyó a su espalda.

Kelly, la mejor amiga de George, llevaba trenzas y olía a naranja y a virutas de lápiz. Llevaba una camiseta que decía:

99 % GENIO

1 % CHOCOLATE

—Mi padre me ha dicho que puedes venir este fin de semana a ensayar —dijo en cuanto alcanzó a George. Llevaba toda la semana hablando del casting—. Todavía quieres que actuemos juntos en la obra, ¿no?

George quería actuar en la obra. Lo quería más que nada en el mundo. Pero no quería ser un cerdo apestoso. Quería ser Carlota, la buena e inteligente araña, aunque fuera un papel de niña. Abrió la boca, pero no pudo decir nada.

Kelly levantó las manos y colocó las palmas delante de los ojos de George.

—Soy Kelly, la supermaravillosa que lo sabe todo

—recitó—. Tengo la sensación de que no estás bien. Así que, amigo mío, cuéntame tu problema.

Cerró los ojos y acercó lentamente las manos a la cara de George echando solo un rápido vistazo para asegurarse de no meter un dedo en el ojo de su mejor amigo.

—Si lo sabes todo, entonces ya lo sabes, ¿no? —le preguntó George.

Kelly abrió los ojos el tiempo justo para bizquear mirándose la nariz. Luego cerró los párpados.

—Muy bien. Soy Kelly, la supermaravillosa que lo sabe casi todo. Voy a intentar intuir tu problema. —Volvió a abrir los ojos y bajó las manos—. ¡Ya sé! Tienes miedo escénico. Lo sé todo sobre el miedo escénico. Mi tío Bill dice que mi padre tiene un tremendo miedo escénico y que por eso permite que otros se hagan ricos cantando sus canciones.

—No es miedo escénico.

—Vale, quizá no. Tampoco creo que lo de mi padre sea miedo escénico. Sencillamente, es otro tipo de artista. —Kelly sujetó a George por los hombros y lo sacudió—. Entonces ¿qué es? Sabes que no aguanto el suspense. Dímelo o…

—¿O qué?

En los ojos de Kelly brilló la inspiración.

—O sacaré mi ejército de monstruos para que te ataque por la noche, te sorba el cerebro con una pajita, te convierta en mi esbirro y tengas que hacer todo lo que yo diga. Incluyendo contarme lo que estás pensando. ¿Qué es? ¿Qué es? ¿Qué es?

George miró a su alrededor para asegurarse de que nadie más escuchaba.

—¡Vale, vale, tranquila! Te lo cuento. No quiero hacer el papel de Wilbur —le dijo a Kelly.

—Ah, no hay problema. En la obra hay muchos más personajes. Se llaman papeles secundarios. Mi padre dice que los mejores actores no serían nada sin excelentes actores secundarios. Cuéntaselo a la señorita Udell y que decida qué papel puedes hacer.

—No quiero cualquier papel —dijo George.

—Bueno, ¿quién quieres ser? ¿El ratón Templeton? George negó con la cabeza.

—¿Avery? —intentó adivinar Kelly—. ¿El señor Zuckerman? ¿El señor Arable?

George siguió negando con la cabeza.

—¿Quién queda? —le preguntó Kelly, incrédula.

—Quiero ser Carlota —murmuró George.

Kelly se encogió de hombros.

—Genial. Si quieres ser Carlota, deberías hacer la prueba para ser Carlota. Te complicas la vida por nada. ¿A quién le importa que no seas de verdad una niña?

A George se le cayó el estómago a los pies. A ella le importaba. Muchísimo.

En la calle, un autobús encendió el motor.

—¡Tengo que irme! —Kelly echó a correr—. ¡Un, dos, tres! —gritó girándose hacia George.

—Caña —contestó George.

Cuando iban a primero, Kelly y George decidieron que decir «un, dos, tres, caña» era mucho más divertido que decir «adiós». Lo habían oído en unos dibujos animados y habían pasado todo el día riéndose. Ninguno de los dos recordaba ya qué dibujos eran, y a veces les parecía una tontería seguir diciendo «un, dos, tres, caña», pero ninguno de los dos quería ser el primero en dejar de decirlo.

Aquella noche, George soñó que representaba el papel de Carlota. Iba vestida de negro, con brazos de más cayéndole por los lados, y recitaba palabras hermosísimas para todo el auditorio. Dijo su primera frase a la perfección, y la segunda. Pero de repente le llegó un ruido raro desde arriba. George levantó la cabeza, pero lo único que vio fue el grueso telón, que la envolvió en una sofocante oscuridad y luego la lanzó por la escalera. Durante un tiempo que le pareció muy largo sintió que caía y que no podía respirar.

Se despertó bañada en sudor. Tardó un momento en darse cuenta de que estaba despierta, en su cama, de que no se estaba ahogando. Tenía la sábana enrollada en las piernas.

Pero no podía quitarse de la cabeza la idea de ser Carlota. Mientras desayunaba sus cereales con leche, se ponía unos vaqueros y una camiseta, y se lavaba los dientes, se imaginó a sí misma saludando al público con elegancia. Debía ser ella la que proclamara que Wilbur era fantástico. Y debía ser ella la que hiciera llorar a la gente con su último adiós.

3

Actuar solo es fingir

George vivía con su madre y con Scott en la parte izquierda de una casa dividida en dos viviendas. Cuando George hablaba de su familia, solía referirse a su madre y a Scott. Su padre vivía con su nueva mujer, Fiona, en las montañas de Pocono, en Pensilvania, a unas horas de distancia. Scott y George iban dos semanas en verano, como si fueran de campamento. Su padre era mejor padre a tiempo parcial de lo que lo había sido a jornada completa.

En la otra mitad de la casa vivían el señor y la señora Williams. Eran una pareja de jubilados cuyas salidas solían limitarse a acercarse diariamente al buzón en zapatillas, arrastrando los pies, para recoger el correo y el periódico. A George le parecían tranquilos y agradables, y confiaba en que nunca se cambiaran de casa. Si llegaba otra familia a la puerta de al lado, podría ser que tuvieran un hijo de su edad, y en ese caso su madre querría que George y el chico se hicieran buenos amigos.

«Vais a divertiros mucho juntos —diría su madre—. Solo tienes que presentarte y sonreír.» Su madre era inteligente, y George la quería mucho, pero no sabía nada de los niños. A los niños no les caía bien George, y por lo demás tampoco George tenía demasiado claro lo que pensaba de ellos.

George sacó su bici del cobertizo del patio y la arrastró por el camino mal asfaltado hasta la calle. Era domingo por la tarde, y Kelly la había invitado a su casa para ensayar para el casting del lunes. Kelly dijo que podrían turnarse en el papel de Carlota, y el estómago de George brincaba con la idea de leer en voz alta el papel de la araña. George pedaleó hasta la casa de Kelly, con su sombra, pequeña a la luz del atardecer, indicándole el camino.

Kelly y su padre vivían en un sótano de dos habitaciones, y su puerta de entrada era en realidad una puerta trasera. En el patio había más cemento que césped, aunque matas de hierba brotaban impacientes entre las grietas del pavimento.

George apoyó la bici en la pared trasera de la casa, colgó el casco en el manillar y bajó los tres peligrosos escalones de cemento agarrándose a la fina barandilla metálica. Golpeó con fuerza la puerta de madera para rivalizar con la música rock que sonaba dentro a todo volumen.

Kelly la recibió con una enorme sonrisa. La puerta daba directamente a una sala grande y desordenada. Electrodomésticos y un fregadero lleno de platos contra una pared. En otra esquina, una cama deshecha. Cajas de cartón metidas en cualquier sitio. Libros y papeles apilados por todas partes, en la mesa, en las estanterías, en cajas de zapatos en lo alto de estanterías, encima de la tele y caídos al suelo desde el armario abierto. Varias veces, George incluso había visto partituras asomando del congelador. (Kelly le había dicho que eso hacía su padre cuando quería dejar enfriar una pieza musical antes de seguir trabajando en ella.) Una única lámpara de pie intentaba iluminar toda la sala, pero las esquinas estaban sumidas en la penumbra.

El padre de Kelly era músico, aunque raramente hacía conciertos. Escribía música para que la tocaran otros. Kelly juraba que los intérpretes para los que su padre había escrito música eran famosos, pero a George nunca le sonaban los nombres. Cuando Kelly iba a cenar a casa de George, le encantaba recitar la lista de los cantantes y grupos a la madre de George, que conocía a algunos.

El padre de Kelly estaba sentado en el suelo, en mitad de la sala, mirando fijamente el papel que tenía en las manos. Lo rodeaban decenas de montones de partituras que se extendían por la sala, tanto sueltas como encuadernadas. Algunos de esos montones superaban el medio metro de altura. Dejó la página que tenía en las manos en lo alto de un montón, a su espalda, que parecía a punto de derrumbarse.

—Mi padre está haciendo limpieza —le dijo Kelly—. ¿Qué te parece?

—¡Uau! —le contestó George.

Le pareció que la exclamación abarcaba la envergadura del desastre.

—¡Hay que desordenarlo todo antes de volver a ordenarlo! —gritó el padre de Kelly por encima de la música. Se abrió camino hasta el equipo de música para bajar el volumen—. Hola, George.

—Hola.

George nunca sabía cómo llamar al padre de Kelly. «Señor Arden» era demasiado formal para una persona como él, pero a George le parecía raro llamar por su nombre a una persona mayor, aunque él más de una vez le había dicho: «Llámame Paul». Para George era sencillamente el padre de Kelly, pero no creía que le gustara que lo llamara así.

—Así que quieres ser un actor famoso —dijo el padre de Kelly levantando una caja de un montón y dejándola en el suelo, entre todo el desorden.

—Supongo que sí —le contestó George.

—Venga, empecemos. —Kelly cogió a George de la mano y la condujo por la alfombra beige hasta la puerta de su habitación—. Que te diviertas con tus planes, papá. Si nos necesitas, llama a la puerta. Pero intenta no hacer ruido. Tenemos mucho que ensayar, y sabes que es muy importante para nosotros.

—¡Sí, señora! —El padre de Kelly asintió con firmeza y volvió a centrar su atención en la siguiente partitura del montón que tenía delante.

Entrar en la habitación de Kelly fue como entrar en otro mundo. La mesa y el escritorio estaban impolutos, la cama estaba perfectamente hecha y en la pared había decenas de fotografías enmarcadas, colgadas con mucho estilo. En la alfombra de color rosa pálido todavía se veían las líneas que había dejado la aspiradora, y el aire olía a limón.

—Uau, Kelly. Tu habitación está aún más limpia que normalmente.

—Me he pegado un hartón de limpiar. Es lo que me ha inspirado mi padre.

—Quizá deberías darle unas clases.

—¡Ja! Cree que la mitad de la gracia está en encontrar material perdido. Dice que es como buscar oro. En fin, creo que has tenido una gran idea.

—¿Qué idea?

—Hacer el casting para Carlota. A la señorita Udell le encantará que te importe tanto el personaje que quieras representarlo, aunque sea una niña, y tú, un niño. En las obras de teatro se trata de fingir, ¿no?

—Hum… —fue lo único que pudo contestar George.

En realidad, representar un papel de niña no sería fingir, pero George no sabía cómo explicárselo a Kelly.

Además, en cuanto Kelly empezaba a hablar, no era fácil pararla. Su madre decía que Kelly debería ser abogada. Kelly decía que, si lo intentaba, su padre la demandaría.

—Mira —prosiguió Kelly—, seguramente te dará el papel para aclarar las cosas: se pasa el día diciendo que no debemos permitir que las expectativas de los demás limiten nuestras decisiones.

—Pero no se trata solo de la obra —intentó explicarle George.

—Pues claro. La historia está llena de chicos que hicieron papeles de chica. ¿Sabías que todos los personajes de las obras de Shakespeare los representaban hombres? Hasta los papeles de mujer. ¡Hasta cuando tenían que besarse! ¿Te imaginas?

George pensó por un momento en besar a un chico, y la idea la hizo estremecerse. Vivir en la época de Shakespeare no parecía tan malo, aunque tuvieras que salir de casa para cagar.

Kelly siguió hablando.

—Tanto a Romeo como a Julieta los representaban chicos. ¡Chicos! Piénsalo. Es posible que el propio Shakespeare representara a Julieta. Si quieres ser Carlota, debes hacer el casting, como cualquiera. Es lo justo. Y mi padre dice que, si te pones nervioso, solo tienes que imaginarte al público desnudo.

George no entendía en qué podía ayudar imaginarse al público desnudo.

—Kelly… —le dijo.

—Dime.

—Tu padre es raro.

—Ya lo sé.

Kelly se colocó en medio de la habitación e hizo un par de reverencias, como si estuviera en el escenario. Miró nerviosa a su alrededor y señaló a su público imaginario gritando: «¿Cómo voy a actuar delante de todos vosotros? ¡Estáis desnudos! ¡Es una tremenda falta de respeto!».

Kelly empezó a reírse y George se unió a ella hasta que acabaron los dos partidos de risa, soltando de vez en cuando cosas como «¡No puedo actuar en estas condiciones!», «¿Dónde está mi limusina?» y «¡Que venga mi mánager!», hasta que al final, jadeando y con las mejillas doloridas, las carcajadas fueron extinguiéndose. De repente, Kelly se incorporó de un salto, con expresión decidida.

—Vale, vamos a trabajar.

Abrió el último cajón del escritorio. Dentro, un arcoíris de carpetas colgando de un archivador almacenaba gran cantidad de papeles. Kelly sacó un par de hojas de una de las primeras carpetas y cerró el cajón.

—Ayer hice una copia en la impresora de mi padre.

Kelly tendió una hoja a George. La palabra CARLOTA aparecía en mayúsculas en la parte superior, escrita originalmente con un rotulador grueso. A continuación estaba la primera conversación entre Carlota y Wilbur. Todas las niñas, quisieran el papel que quisieran, harían en el casting el papel de Carlota, y los niños harían el de Wilbur.

—¿Por qué no empiezas tú con Carlota?

Kelly se arrodilló y estiró los brazos para dejar su hoja en la alfombra, delante de ella.

Pegó un gruñido a George, que se colocó en la posición más alta posible, encima de los cojines de la cabecera de la cama. A medida que representaban la escena, George se sorprendió. Pensó que se pondría nerviosa, pero le pareció natural decir en voz alta las palabras de Carlota. Terminaron demasiado deprisa.

—¡Cambiamos! —gritó Kelly, que se dejó caer en la cama y se tumbó boca arriba con la cabeza sobresaliendo. Sujetó la página con las dos manos, a cierta distancia, para poder leerla—. Lista.

George saltó de la cama y sentó en el suelo con las piernas cruzadas. Leyó el texto de Wilbur y escuchó la voz de Kelly repitiendo las palabras que hacía un segundo había leído ella en voz alta. Se puso muy contenta cuando llegó el momento de volver a cambiar. Subió majestuosamente a la cama y extendió los brazos y las piernas como si fuera una araña mientras Kelly saltaba al suelo gruñendo.

—¡Un cordial saludo! —gritó George.

Y la escena volvió a empezar. Las palabras sonaban bien en sus labios.

Los dos amigos repitieron una y otra vez el diálogo hasta que pudieron decir casi todas las frases sin mirar la hoja. Al final, Kelly se negó a renunciar a su papel de Wilbur, así que George repitió encantada el de Carlota.

—¿No te importa? —le preguntó George.

Podría haberse pasado el día entero leyendo el papel de Carlota.

—¡Estoy divirtiéndome! —le contestó Kelly—. Además, haces el papel de Carlota mejor que yo. Meto la pata desde la primera frase.

Kelly tenía razón. Una y otra vez decía «Un saludo» en lugar de «Un cordial saludo». «Un cordial saludo» era la elegante manera en que Carlota se dirigía por primera vez a Wilbur, lo cual daba muestra de su rico vocabulario. Aquella primera frase era importante.

—Hay otros papeles. Podría ser Fern. Le diré a mi padre: «¿Adónde vas con esa hacha?».

Levantó las manos para escenificar su queja.

—¿Hacha? ¿Qué hacha? —El padre de Kelly había abierto la puerta y asomado la cabeza—. No tengo ningún hacha. Lo que de verdad soy es bajista. Da-dum-dum-dum-dum-dum. —Se llevó los dedos a la cintura y tocó un instrumento imaginario—. ¿Lo entiendes? Un bajo no es un hacha.

—¿De verdad, papá?

Kelly lanzó una mirada a su padre. George sonrió perplejo.

Kelly se giró hacia George.

—A los guitarristas famosos les gusta llamar «hachas» a sus guitarras. Así se sienten guays. —Volvió a dirigir la atención a su padre—. ¿No te he dicho que llamaras a la puerta antes de entrar? Estamos intentando ensayar.

—Lleváis un buen rato ensayando. He pensado que quizá tendríais sed. Hay zumo de uva en el frigorífico.

—Bueno, en ese caso, querido papá, no me importa que nos molestes —aseguró Kelly—. Porque, con tanto ensayo, estoy muerta de sed.

—Juraría que su compañero de reparto también, señorita Arden. ¿Qué dice usted, señor Mitchell? ¿Le apetece tomar algo?

George asintió. Odiaba que la llamaran señor Mitchell. Quería gritar: «¡El señor Mitchell vive en las Pocono con una mujer que se llama Fiona!». El señor Mitchell era su padre. Algún día lo sería también su hermano, Scott, pero ella jamás se llamaría así.

No obstante, George acompañó a Kelly al salón y se acercó con ella al frigorífico, donde Kelly sirvió zumo en dos vasos de plástico procedentes de un chiringuito de la zona. La mayoría de los platos de los armarios eran de plástico. Al fondo del estante había algún vaso de vidrio, restos de diferentes juegos, pero daba la impresión de que nunca los habían utilizado. Teniendo en cuenta la frecuencia con la que se caían los vasos en casa de los Arden, seguramente era una buena idea.

Kelly se bebió el zumo en tres tragos.

—¡Aaaaaaaaaaaah! ¡Zumo de uva! ¡Mi favorito!

Se pasó la mano por la boca, dejó el vaso encima del montón de platos del fregadero y se dirigió al hueco en el que había estado sentado su padre, entre un caos de papeles. Gruñó varias veces, apartó con cuidado los montones más cercanos, se tiró al suelo boca arriba y empezó a girar como un cerdo que se revuelca alegremente en el barro.

El padre de Kelly cogió el vaso de su hija del montón de platos del fregadero y se sirvió un zumo también él. Se rió de las payasadas de su hija.

—¿Insinúas que mi habitación es una pocilga?

Kelly gruñó y asintió enérgicamente.

El padre de Kelly se giró hacia George.

—¿Te apetece quedarte a cenar? ¡Estoy preparando una sorpresa superespecial!

—Hummm, gracias, pero creo que mi madre me quiere en casa.

—Como prefieras.

Kelly cogió a su mejor amigo de la mano y volvió a su habitación. Repitieron sus textos una vez más. A George le habría gustado hacer el papel de Carlota todo el día, pero Kelly dijo que se aburría y sacó su cámara.

La cámara era pequeña y plateada, con una lente delante que ampliaba y reducía la imagen. Se la habían regalado por su cumpleaños el verano anterior, y no había pasado ni un día sin fotografiar algo. Le encantaba encuadrar y decidir dónde debía empezar la foto y qué parte debía quedar fuera de la imagen.

Algunas de las fotos colgadas en las paredes eran retratos. Una, del padre de Kelly tocando el bajo en una actuación. Otra, de su tío Bill pintando en un campo de dientes de león como un hippy. Y había una foto con mucho grano de una mujer alta y de piel morena, con tacones, un vestido azul brillante y un micrófono en las manos. Era la única foto colgada que no había hecho Kelly, y, aunque casi nunca hablaba del tema, George sabía que era una foto de su madre.

Aunque no todas las fotos eran de personas a las que Kelly conocía. Había un niño sonriendo en una estructura de trepa, un hombre trajeado bebiendo café, sumido en sus pensamientos, y una pareja de ancianos cogidos de la mano en el banco de un parque. Otras fotos eran imágenes de objetos cotidianos, tan de cerca que apenas se distinguía lo que eran. Había una goma de borrar desgastada, un montón de bastoncillos, unas cuerdas de guitarra y una forma borrosa con un triángulo plateado en medio. Ni siquiera Kelly recordaba qué era aquel objeto originariamente, pero era el favorito de George.

Kelly colocó a George contra la puerta y empezó a disparar.

—Pon el pie izquierdo delante del derecho —le dijo a George.

George lo puso, pero Kelly frunció el entrecejo.

—No, déjalo donde estaba. —Hizo varias fotos más—. Mira al cielo. No, no como si estuvieras mirando un avión. Como si estuvieras mirando la hoja de un árbol.

A George no le importaba demasiado que Kelly le hiciera alguna foto, aunque odiaba que le pidiera que posara. Pero Kelly era insistente, así que era más rápido dejarla hacer sus fotos que discutir con ella, perder y tener que aguantar que le hiciera aún más fotos para demostrarle que tenía razón.

Kelly hizo que George posara con un libro y tomó primeros planos de los huecos entre sus dedos. Le pidió que se pusiera una gorra de béisbol y unas gafas de sol y le hizo fotos hasta que George no aguantó más y le suplicó que parara.

—¿Qué te parece si hacemos algunas fuera? —le preguntó Kelly.

—No —le contestó George—. Tengo que irme a casa.

—Vale. Mejor que te vayas antes de que llegue mi padre diciendo que la sorpresa superespecial está lista e insista en que te quedes.

—¿Qué es esa sorpresa superespecial?

—Mi padre fríe un montón de sobras. Alguna vez le sale genial. En general, regular. Y a veces tan mal que tenemos que pedir una pizza.

George se despidió de Kelly y arrastró su bici por el agrietado camino de delante de la casa.

—Un, dos, tres… —empezó Kelly desde la ventana del sótano.

—¡CAÑA! —gritó George al aire del anochecer.

Se abrochó el casco e inició el camino hacia su casa, que tan bien conocía. Las casas se desdibujaban a su paso, con las palabras de Carlota dándole aún vueltas en la cabeza.

En casa, su madre observaba la despensa abierta, con su oscuro pelo largo recogido en su habitual coleta. Llevaba un polo y vaqueros, el mismo tipo de ropa que se ponía todos los días para ir al trabajo, debajo de la bata blanca. Prefería los vaqueros a las faldas y no se maquillaba. Decía que no era bueno para la piel, y además que las mujeres ya eran lo bastante guapas al natural. La madre de George era guapa, sí. Era alta, con una sonrisa amable y auténtica, y tenía los mismos ojos verdes que George.

—Hola, Gi-gi —dijo cerrando la puerta de la despensa.

Cuando George era pequeña y no sabía decir bien su nombre, solía llamarse a sí misma Gi-gi. Su madre seguía llamándola así, aunque Scott decía que parecía un nombre de niña. Aunque nunca lo dijo, George pensaba lo mismo.

—¿Has visto a tu hermano? —le preguntó su madre mientras revolvía en el frigorífico en busca de opciones para cenar.

—Ha ido a casa de Randy.

—¡Perritos calientes y judías!

Scott odiaba las judías, pero tanto a George como a su madre les encantaban.

Mientras su madre hacía la cena, George subió a darse un baño. Se quitó la camiseta mientras se llenaba la bañera y esperó al último momento para quitarse los pantalones y los calzoncillos. Sumergió el cuerpo en el agua caliente e intentó no pensar en lo que tenía entre las piernas, pero ahí estaba, moviéndose delante de ella. Se lavó el pelo con muchísimo champú para que la superficie del agua se cubriera de espuma. Se frotó el cuerpo, se levantó salpicándolo todo y se secó con su toalla de rizo azul. Luego se envolvió el torso con la toalla por las axilas, como hacen las chicas, y se pasó un pequeño peine negro por el pelo. Se lo peinó hacia delante, observó en el espejo su pálido rostro lleno de pecas y luego volvió a peinarse hacia atrás, con la raya en medio, como solía llevarlo.

En su habitación, se puso un pijama de franela lleno de diminutos pingüinos con pajarita roja. Su madre le gritó que la cena estaba lista, y George bajó a cenar.

Su madre estaba ya sentada a la mesa de la cocina, a punto de darle un mordisco a su perrito caliente, cubierto de mostaza y salsa de pepinillos. Había tostado su panecillo, pero había dejado el de George blando y frío, como le gustaba.

—Gracias, mamá —dijo George.

Echó un chorro de ketchup en su perrito caliente y le pegó un mordisco humeante y jugoso.

Al principio comieron en silencio. El que más solía hablar mientras cenaban era Scott. Pero en aquel momento algo apremiaba a George. No dejaba de darle vueltas en la cabeza.

—Mamá... —dijo tras haberse tragado el último mordisco de perrito caliente. Apenas era consciente de haber hablado en voz alta.

—¿Qué pasa, Gi-gi?

George se detuvo. Era una pregunta breve, pero no conseguía que su boca articulara el sonido.

«Mamá, ¿qué pasa si soy una chica?»

Hacía unos meses George había visto en la tele una entrevista a una hermosa mujer llamada Tina. Tenía la piel dorada, una abundante melena con reflejos rubios, y las uñas largas y brillantes. El entrevistador dijo que Tina había nacido niño, y luego le preguntó si se había «operado». La mujer contestó que era una «mujer transgénero» y que lo que tenía entre las piernas solo les incumbía a ella y a su novio.

Así que George sabía que era posible. Un chico podía convertirse en chica. Luego leyó en internet que se pueden tomar hormonas femeninas para cambiar el cuerpo, y que se pueden hacer un montón de operaciones, si se quiere y se tiene el dinero. A esto lo llamaban «transición». Incluso se puede empezar antes de los dieciocho años con pastillas llamadas bloqueadores de andrógenos, que detienen las hormonas masculinas del cuerpo para que no se convierta en el de un hombre. Pero para eso se necesita el permiso de los padres.

—George, puedes contarme lo que sea. —Su madre sujetó una mano de George con la suya y colocó la otra encima—. Te pase lo que te pase en la vida, puedes compartirlo conmigo, y siempre te querré. Siempre serás mi niño, y eso nunca cambiará. Incluso cuando crezcas y te conviertas en un hombre, seguiré queriéndote como se quiere a un hijo.

George entreabrió los labios, pero en su boca no había palabras, y en su cerebro, un solo pensamiento: «¡No!». Sabía que su madre estaba intentando ayudar. Pero George no tenía un problema normal. No le daban miedo las serpientes. No había suspendido un examen de mates. Era una niña, y nadie lo sabía.

—Mamá, ¿puedo tomarme un vaso de leche con cacao?

—Pues claro, Gi-gi.

Se dirigió al frigorífico.

Después de que su padre se marchara de casa, durante varias semanas su madre le daba un vaso de leche con cacao cada noche, antes de irse a dormir. Ninguno de los dos decía nada. Ninguno de los dos tenía nada que decir. Pero aquellos recuerdos estaban entre los preferidos de George, simplemente estar allí sentada, con su madre, sabiendo que jamás se marcharía.

George no se terminaba el vaso de leche con cacao hasta que estaba lista para que su madre le diera un beso de buenas noches. Entonces su madre cogía el vaso casi vacío y lo giraba delante de la boca de George para que le diera el último trago. George siempre se aseguraba de dejar aquel último y espeso sorbo.

Su madre volvió entonces a la mesa con un vaso lleno de leche con cacao todavía espumosa, recién revuelta con la cucharilla. Un sabor dulce invadió la boca de George. Clavó los ojos en las burbujas lechosas y vació la mitad del vaso.

Observó un minuto la espuma y se bebió la otra mitad. Más que degustarla, sintió su frialdad bajándole por la garganta. Luego tendió el vaso a su madre, que lo inclinó hacia su lengua para que se bebiera el último sorbo.

El sabor dulce de la leche con cacao había cubierto la lengua de George, y con ella las palabras que tenía en la punta. Algún día, no sabía cómo, tendría que contarle a su madre que era una niña. Pero no sería ese.

Y en cuanto a cómo decírselo, no tenía ni idea.

4

Expectación

Los alumnos de la clase 205 subieron en tromba los
fríos y oscuros escalones de piedra. Sus pisadas rebota-
ban con fuerza en las paredes embaldosadas. Dos baran-
dillas, una a treinta centímetros de la otra, recorrían las
dos paredes de arriba abajo. Las habían pintado de rojo
hacía años, pero con el tiempo se habían desconchado y
dejaban al descubierto capas de color naranja y verde,
y por debajo, trozos de metal sin pintar. Las niñas su-
bían con la barandilla a su derecha. Los niños tenían la
barandilla a la izquierda, de modo que tenían que dar la
vuelta a los rellanos de las plantas por las que pasaban.

Los tablones de anuncios del primer piso estaban
decorados con hileras de Wilburs y Carlotas de cartuli-

na que habían hecho los alumnos de los primeros cursos. La directora Maldonado estaba al final del pasillo. Observaba sin sonreír ni decir una palabra y para asegurarse de que los alumnos se metían silenciosamente en sus clases, donde los esperaba el profesor con las fichas de clase en su abarrotada mesa y las tareas escritas en la pizarra.

En la clase 205, la tarea para esa mañana estaba escrita con letra clara en la pizarra. Decía: «Si pudieras ser un color, ¿qué color te gustaría ser? Explica por qué en, como mínimo, cinco líneas». La clase empezó a adoptar el ritmo de la mañana, y los rasguidos de los lápices en las libretas sustituyeron los chirridos metálicos de las sillas y las cremalleras de los abrigos.

Cuando ya no quedaba nadie en la fila para sacar punta y casi todos los alumnos habían acabado de escribir, la señorita Udell pidió voluntarios para leer lo que habían puesto en su diario. Janelle dijo que sería fucsia porque era un color claro y oscuro a la vez. Chris quería ser naranja porque era el único color que era una comida.

George quería ser rosa para que la gente supiera que era una niña, pero no era eso lo que había escrito. Lo que había puesto era que le gustaría ser púrpura, como el cielo al amanecer. No levantó la mano para leer su redacción en voz alta. Nunca lo hacía. La señorita Udell decía que le parecía bien que los diarios fueran privados.

Al terminar la hora dedicada a escribir en el diario, la señorita Udell se dirigió a la clase.

—Sé que hoy es el gran día que muchos de vosotros habéis estado esperando… Quizá incluso habéis ensayado para hoy.

Los murmullos invadieron la clase, junto con las risitas de varias niñas. George sintió una oleada de calor al recordarse leyendo el papel de Carlota.

—Me alegra comunicaros que empezaré las pruebas a la una y media —siguió diciendo la señorita Udell.

La clase se quejó. Faltaban muchas horas.

—Consideraré que todo aquel al que pille leyendo su papel en lugar de prestando atención y todo aquel que me haga preguntas sobre el casting antes de la una y media de la tarde… —la señorita Udell hizo una pausa para causar mayor efecto— es incapaz de asumir la responsabilidad de actuar.

Asintió con firmeza para indicar que el tema quedaba zanjado. La clase se adentró en una mañana de mates, lectura y ciencias, impaciente por que llegara la una y media de la tarde.

—¿Quién come judías verdes con espaguetis?

Kelly hizo una mueca de dolor mientras llevaba su bandeja naranja a la mesa. Como el comedor de la escuela estaba en el sótano, las ventanas con rejas, en lo más alto de las paredes embaldosadas, dejaban entrar muy poca luz. Casi toda la iluminación de la gran sala procedía de los largos fluorescentes que recorrían el techo.

George ya se había sentado y pinchaba con el tenedor trozos blanduzcos de verdura. Se inclinó para olerlos, pero el único olor que le llegó fue el de leche derramada, que se había filtrado por las grietas de la mesa y que no había manera de eliminar ni con toda la lejía del mundo.

—¿Quién come judías verdes con lo que sea? —preguntó George arrugando la nariz.

—Pues a mí me encantan las judías verdes. Cuando mi padre las sofríe con ajo y un chorrito de aceite de oliva… —Kelly se llevó los dedos a la boca y los besó—. ¡Mmmmmm! *Bon appétit!* Pero ¿esta mierda? —Cogió una judía mustia con el pulgar y el índice—. ¡Están más blandas que los espaguetis! ¡Que también están pasados! No están al dente, como se supone que hay que cocer la pasta. *Al dente* es una expresión italiana, «al diente», y significa que están un poco duros por el centro, así que tienes que masticarlos. —Kelly cogió varios espaguetis con el tenedor, los levantó por los aires y les dio vueltas—. Esta mierda no está al dente. Te lo aseguro.

George se encogió de hombros e hizo girar su *spork* para enrollar unos cuantos espaguetis. En el comedor, el ruido fue aumentando a medida que los alumnos de entre tercero y quinto se incorporaban a la fila y ocupaban las largas mesas.

—Bueno, ¿quieres que ensayemos? —preguntó Kelly.

—Aquí no.

George señaló con un gesto la mesa, llena de gente. No quería que nadie de la clase la oyera recitando el texto de Carlota.

—Sabes que se enterarán cuando te den el papel —comentó Kelly.

—Es diferente… si me lo dan.

George no tenía del todo claro por qué sería diferente, así que intentó no darle demasiadas vueltas.

—Como quieras. Ensayaremos a la hora del recreo.

Kelly se sacó de repente la cámara del bolsillo para fotografiar las judías y los espaguetis blanduzcos hasta que la señora Fields, que se ocupaba de vigilar el comedor, giró la cara hacia Kelly y le dijo que guardara la cámara.

—En el comedor no se valora a los artistas —murmuró Kelly metiéndose la cámara en el bolsillo.

Desde fuera llegaba el olor a pino procedente de los patios de las casas que rodeaban la parte trasera del colegio. El rumor de un centenar de alumnos en el recreo invadía el aire, entrecortado por gritos, risas y de vez en cuando el agudo pitido de la señora Fields. Era una vieja bajita y arrugada, con el pelo gris cardado, a la que todo le parecía mal y andaba tan jorobada que parecía aún más baja y arrugada.

Maddy, Emma y varias niñas más habían formado un corro y chismorreaban sobre su programa de televisión favorito, *Not-So-Plain Jane*, y sobre si sus padres las dejarían ir el mes siguiente a ver un concierto de Jane Plane, la estrella.

A Jeff también le rodeaba un corro de niños que esperaban su turno para ver su nuevo móvil. Como la señora Fields se lo habría confiscado si lo hubiera visto, los niños que lo rodeaban cerraron el círculo. Jeff no se lo dejó coger a ninguno, aunque algunos elegidos pudieron tocar la pantalla.

Kelly y George buscaron un sitio tranquilo en el otro extremo de la valla para ensayar. Kelly se sacó del bolsillo una copia del texto. George se sabía su papel y no necesitaba mirar la página mientras hablaba, pero, como el corazón le latía con fuerza, habló demasiado deprisa, tragándose las últimas palabras de cada frase. Cada vez que hablaba Kelly, George echaba un vistazo hacia atrás para asegurarse de que nadie estaba mirando, así que se perdía la mitad de sus frases.

Cuando acabaron, Kelly frunció el entrecejo.

—No ha sido nuestra mejor actuación.

—Lo sé.

—¿Quieres que la repitamos?

—¡No! —Varios alumnos de tercero que estaban cerca giraron la cabeza hacia George, que bajó la voz—. Bueno, no. Hay demasiada gente. Lo haré bien cuando esté a solas con la señorita Udell.

—Sigo sin entender dónde está el problema —dijo Kelly—. Quieres hacer un papel de niña. Eso no quiere decir que quieras ser una niña.

George se quedó pálida. Al instante empezó a sofocarse.

—¿Qué te pasa? —le preguntó Kelly.

George abrió la boca, pero no supo qué decir, así que volvió a cerrarla. Empezó a reírse nerviosa. La tensa risa de George invadió el aire, y Kelly no tardó en reírse también, aunque no sabía por qué. La risa de George se volvió histérica y sintió que se mareaba. Se le doblaron las rodillas y cayó al suelo. Kelly, que no quería quedarse al margen, se tiró también al suelo.

Los niños del patio no prestaron atención a George y a Kelly, pero la señora Fields sí.

—¡Levantaos! —les ordenó—. ¡A saber qué animales han orinado ahí!

Kelly se levantó de un salto y tendió una mano a George, que la cogió y dejó que Kelly tirara de ella hasta incorporarse.

—Espero que se le mee un animal en la cabeza —susurró Kelly a George. Y luego le preguntó—: Por cierto… ¿de qué nos reíamos?

George miró fijamente a su mejor amiga.

—¿Lo dices en serio?

—Claro que lo digo en serio —le contestó Kelly con su serio rostro iluminado—. Siempre hablo en serio. Bueno, menos cuando no hablo en serio. Pero ahora mismo hablo en serio.

—Pero si lo has dicho tú…

George no sabía si sentirse aliviada o decepcionada por que Kelly no viera que ella era una niña. Su tono, agudo, reflejaba su angustia.

—Lo único que he dicho ha sido… —Kelly hizo una pausa—. ¿Qué he dicho, George? Bueno, siempre he pensado que era graciosa, pero no pensaba que fuera tan buena actriz como para decir algo tan divertido sin darme cuenta.

George abrió la boca, pero, como le había pasado con su madre, no pudo decir las únicas palabras que le retumbaban en el cerebro: «Soy una niña». Deseó que sonara el timbre del final del recreo.

—¿Estás nervioso por el casting? —le preguntó Kelly—. No te pongas nervioso. Mi padre dice que es bueno para el feminismo que los hombres también hagan papeles que no son los habituales en su género. Dice que, como artista, es importante estar en contacto con tu lado femenino.

El verano anterior, George había visto aquella misma frase en una revista de su padre, un artículo titulado «Diez maneras de contactar con tu lado femenino». George lo había leído entusiasmada, pero el artículo le había resultado decepcionante. Hablaba de concederse tiempo para sentir las emociones, y George ya se concedía demasiado. Es más, el artículo no dejaba de recordar al lector que buscar su lado «femenino» lo hacía más hombre.

—¿Podemos no volver a hablar del tema? —preguntó George.

De alguna manera, era peor que Kelly pensara que no era tan grave que George quisiera ser Carlota en la obra que si hubiera dicho que era una pésima idea. Era como si Kelly no viera que algo no iba bien.

—Vaya, ¡estás a salvo!, ¡estás a salvo!

—¿Qué?

Kelly se encogió de hombros.

—No sé. Lo dice mi padre.

—Kelly. —George cogió a Kelly por los hombros, pasó por alto el cosquilleo que sentía en el estómago y habló muy seria—: Por si no te has dado cuenta, tu padre es un poco raro.

En el fondo, lo que a George le preocupaba era que seguramente ella lo era todavía más.

5

El casting

Después de comer, a la clase le tocó hacer un control de ortografía, y luego unos ejercicios de ciencias sobre máquinas simples, pero en lo único que pensaba George era en la prueba para el papel de Carlota. Quizá Kelly tuviera razón y la señorita Udell estaría tan orgullosa de que George fuera fiel a sí misma que le daría el papel. La aguja de los minutos del reloj era una palanca lentísima que empujaba imperceptiblemente la aguja de las horas.

Al final, los arrugados nudillos de la señora Fields llamaron a la ventanilla de vidrio de la puerta de la clase. La señorita Udell le dijo que entrara. Vigilaría a la clase mientras la señorita Udell hacía el casting a los alumnos en el pasillo. Fuera del comedor, la señora Fields olía a galletas industriales.

—Os felicito a todos por vuestra paciencia. —La señorita Udell miró directamente a Kelly y le guiñó un ojo—. Por fin ha llegado el momento de ver qué tal lo hacéis como actores y actrices. Todo el que haga el casting tendrá un papel.

La señorita Udell haría el casting a los alumnos tanto de la clase 205 como de la 207, de cuarto, la clase del señor Jackson. Asignaría la mitad de los papeles a cada clase. La señorita Udell arrastró su vieja silla de madera hacia la puerta.

—Hoy leeréis todos el papel de Carlota o el de Wilbur, pero también decidiré los papeles de Fern, Templeton y los demás personajes. Si no hacéis el casting hoy, os quedaréis sin papel en la obra. Si preferís no actuar, no os preocupéis: el señor Jackson necesitará personal cualificado en el equipo técnico.

—No veas lo preocupado que estaba —susurró Jeff.

—Señora Fields. —La señorita Udell desvió su atención hacia la mujer bajita, que había cogido una silla libre y se había sentado cómodamente a su mesa—.

Gracias de nuevo por quedarse hasta más tarde. Se lo agradezco mucho.

—Por el teatro, lo que sea.

—Por favor, infórmeme si le parece que alguien no es lo bastante maduro para participar en nuestra obra. Estoy segura de que podré encontrarle alguna otra cosa que hacer.

—Al personal de cocina nunca le viene mal un poco de ayuda para fregar platos —aseguró la señora Fields.

La señorita Udell volvió a mirar a la clase y agitó un montón de fichas de colores.

—Si estáis interesados en hacer el casting, os daré una ficha con un número. El número indicará el orden en que haréis la prueba. Primero las niñas y luego los niños. No espero que os sepáis el texto, pero sí que lo leáis con claridad y entusiasmo. Solo leeréis vuestro papel. Yo leeré las frases de los demás personajes. Mientras esperáis, podéis repasar vuestra parte en silencio. Si no queréis repasar, podéis empezar a hacer los deberes.

La señorita Udell pidió que los niños que querían hacer el casting levantaran la mano. George se unió a ellos, aunque solo alzó la mano hasta la altura de la cabeza. La señorita Udell separó seis fichas azules, las barajó y las repartió junto con seis fotocopias nuevas del texto. A George le tocó el número seis. El último. El que más tendría que esperar para hacer el casting, con la palabra WILBUR ante sí en grandes letras. George se dejó caer en su silla y giró la página.

La señorita Udell repartió después nueve fichas rosas a las niñas que habían levantado la mano, que se susurraron los números entre sí.

—¡Sí! —exclamó Kelly levantando dos dedos hacia George, como haciendo el signo de la victoria.

Janelle se levantó agitando la ficha con el número uno. Sostuvo la puerta a la señorita Udell, que sacó su silla al pasillo, donde desaparecieron las dos. George aguzó el oído, pero los murmullos y el crujido de papeles de la clase no le permitieron oír el menor sonido procedente del pasillo.

George intentó centrarse en los deberes. Los deberes del lunes por la noche se hacían eternos, porque los ejercicios de ortografía eran también de vocabulario, y la señorita Udell insistía en que todos los alumnos escribieran la definición de cada palabra antes de utilizarla en una frase. Con el permiso de la señora Fields, George se dirigió al fondo de la clase.

Mientras se inclinaba para coger un diccionario, oyó un sollozo. El estómago le dio un vuelco al oír otro sollozo y un bufido, seguido por las palabras: «Oh, Carlota, te echo tanto de menos…», y risitas. George se mordió el labio inferior y recorrió el largo camino de vuelta hasta su asiento para alejarse lo máximo posible de las mesas de Jeff y de Rick.

Cuando ya había llegado a su asiento, Janelle asomó la cabeza por la puerta. Kelly se levantó de un brinco y salió de la clase corriendo. Enseguida volvió sonriente y dijo con gesto grandilocuente:

—¡Número tres, te toca!

Kelly levantó el pulgar a George y se sentó en su asiento. Unos minutos después, mientras iba a buscar un diccionario al fondo de la clase, dejó una nota en la mesa de George. Estaba doblada en forma de pequeño cuadrado. Cuando George la abrió, los pliegues formaron una cuadrícula en la página. La nota decía:

Carlota:
¡¡¡estarás RADIANTE!!!
Kelly

George no pudo evitar sonreír. «Radiante» era una de las palabras que Carlota tejía en su telaraña para salvar a Wilbur, y había sido una de las palabras del vocabulario de la semana anterior. Significaba «brillante y resplandeciente», y a George no se le ocurría un piropo mejor. Hizo una pausa en los deberes para recitar sus líneas mentalmente. Las recordaba todas, incluso sabía cuándo hacer una pausa para que las palabras causaran más efecto.

Maddy estaba pálida al salir de la clase, y todavía más al volver. Emma leyó su texto del tirón. Si las niñas eran muy malas, quizá la señorita Udell se sentiría tan aliviada de que George fuera buena que no le importaría que no fuera una niña. Al menos no una niña como las demás.

Después de que la última niña volviera a la clase tuvieron que esperar un buen rato, hasta que la señorita Udell hubo escuchado a las alumnas de la clase del señor Jackson. Al final, la señorita entró y comentó que era el turno de los niños. Robert, el primero, volvió fanfarroneando: «¡A ver si me superas, número dos!». Pero a George no le preocupaban los niños. Sus competidoras estaban ya sentadas en su sitio, escribiendo definiciones de palabras como «ademán» y «narrador».

Al final, el quinto niño, Chris, salió al pasillo. Era un niño blanco y regordete, con una sonrisa de oreja a oreja. Volvió con una sonrisa más amplia que nunca y se dirigió a su sitio bailando triunfante. Entonces llegó el turno de George.

En el pasillo, la señorita Udell estaba sentada en su sólida silla de madera, que hacía juego con su sólida mesa de madera. La silla parecía fuera de lugar sin su pareja.

—No has traído la hoja, George —dijo la señorita Udell.

—No la necesito.

—Buena señal. Significa que debes de haber ensayado mucho. —La señorita Udell le lanzó una cálida sonrisa—. Pero habla más alto.

Antes de que la señorita Udell hubiera podido decir algo más, George cerró los ojos y empezó. Las primeras palabras salieron rápidamente de su boca, pero luego redujo la velocidad y adoptó el ritmo que había ensayado. Se sintió Carlota y centró su atención en cada palabra que salía de su boca. Las palabras parecían aún más suyas que en la habitación de Kelly. George llegó al final del monólogo de Carlota y se preparó para dar inicio al diálogo con Wilbur. Pero no oyó la réplica. Abrió los ojos. La señorita Udell tenía el entrecejo fruncido, con una gruesa arruga cruzándole la frente.

—George, ¿qué haces? —le preguntó.

—Yo… —empezó a decir George, pero no encontró palabras con las que terminar la frase—. Yo…

—¿Tengo que suponer que ha sido una broma? Porque no me ha hecho gracia.

—No ha sido una broma. Quiero ser Carlota.

El tono de George era mucho más débil una vez que hablaba en nombre propio.

—Sabes que no es fácil que te dé el papel de Carlota. Hay muchas niñas que lo quieren. Además, ya imaginas que la gente no entenderá nada. Pero podrías ser Wilbur, si te interesa. O Templeton…, es un tipo divertido.

—No, gracias. Solo quería…

—Vale, de acuerdo. —La señorita Udell miró a George con curiosidad—. Ahora tenemos que volver a la clase y prepararnos para salir. ¿Puedes sujetarme la puerta?

La señorita Udell arrastró su silla hasta la clase moviendo la cabeza. Comentó que había llegado la hora de recoger y pidió a los alumnos de la fila de George que fueran a buscar sus abrigos.

Mientras George metía el libro de mates en la mochila, se decía a sí misma entre dientes: «Idiota idiota idiota. Idiota. Cuerpo idiota. Cerebro idiota. Niños idiotas y niñas idiotas. Todo es idiota». Pegó una patada a la pata de su mesa, que golpeó contra la silla de Emma, que se sentaba delante. Emma se giró y miró mal a George.

George clavó la vista en las baldosas del suelo y deseó estar en su casa, en la cama. Cuando la señorita Udell llamó a su fila, George se cargó la mochila a la espalda y se dirigió a la fila de los niños arrastrando los pies, sin levantar la mirada del suelo.

En el patio, Kelly corrió hacia George, con su coleta balanceándose detrás de ella.

—¿Y bien? ¿Cómo ha ido? ¿Qué le ha parecido? ¿Se ha quedado impresionada o qué? Apuesto a que te dejará ser Carlota.

—No quiero hablar del tema.

George dio una patada al suelo.

—¡¿Qué ha pasado?! —gritó Kelly sujetando a George por los hombros—. ¿La has cagado?

—Déjame en paz.

George se soltó e intentó dirigirse a su autobús.

—¿No le ha gustado?

—No, Kelly. No le ha gustado. Le ha parecido fatal.

—¿Eso ha dicho?

Kelly abrió los ojos como platos.

—Ha pensado que era una broma.

—Vaya. Al menos lo has intentado. —Kelly se encogió de hombros—. Eso dice mi padre.

—¡AAAAAAHHH! —le gritó George en plena cara—. ¡No me interesa lo que dice tu padre!

Los hombros de Kelly se desplomaron. Abrió la boca, la cerró y se dirigió a la fila de su autobús.

George subió los empinados escalones de su autobús y avanzó por el estrecho pasillo arrastrando los pies, que se pegaban al suelo de goma. Eligió un asiento vacío de la parte de atrás con la esperanza de que nadie ocupara el de al lado. Abrazó con fuerza su mochila, metió la cara en el oscuro hueco que la separaba de su pecho y contuvo las lágrimas.

—¿Qué tal te ha ido el casting? —le preguntó su madre por la noche.

Había vuelto del trabajo hacía unos minutos y había empezado a preparar la cena volcando una caja de guisantes congelados en un cuenco de vidrio.

—No lo he hecho —murmuró George.

Se sentó a la mesa de la cocina y se dio golpecitos en el dedo índice con el lápiz. La luz de la última hora de la tarde que entraba por la ventana iluminaba sus deberes de quebrados.

—¿Por qué no? El sábado ensayaste muchas horas con Kelly.

—Había que aprenderse de memoria un texto muy largo.

—Gi-gi, te sabes de memoria todos los anuncios de la tele.

Sacó del congelador una bolsa de filetes de pescado y colocó seis en una placa de horno.

George se encogió de hombros.

—Es diferente.

—Me hacía tanta ilusión ver actuar a mi hombrecito…

Su madre le pasó la mano por el pelo. George se apartó con un movimiento brusco y hundió la cara en sus deberes. Ninguno de los dos volvió a decir ni una palabra hasta que Scott entró dando un portazo y gritó que había llegado.

—Ve a lavarte —le dijo su madre—. La cena está casi lista.

—¿A lavarme? ¿Qué te hace pensar que estoy sucio?

—Te conozco. Siempre estás sucio. Ve a lavarte las manos. ¡Con jabón!

Mientras cenaban, su madre preguntó a Scott cómo le había ido en el instituto.

—¡Genial! —exclamó Scott.

—¿De verdad? —Su madre no terminaba de creérselo. Era raro que Scott mostrara tanto entusiasmo por su educación—. ¿Qué ha pasado?

—Pues, mira, que estábamos en educación física y teníamos que ir a la pista de fuera a correr un kilómetro. Y yo tengo educación física a mediodía, ¿vale? —Scott hablaba girando el tenedor en el aire—. Y había un niño que la verdad es que no está en baja forma. Pero creo que había comido justo una hora antes. Y sé que había comido macarrones porque los ha vomitado por toda la pista. El señor Phillips ha tenido que tocar el pito y dejarnos parar antes de tiempo porque temía que alguien resbalara y se cayera encima del vómito.

Su madre, que había empezado a frotarse las sienes con la palabra «macarrones», a aquellas alturas se sujetaba la cabeza con las dos manos.

—Scott... —le advirtió entre dientes.

Scott no le hizo caso.

—Estaba justo detrás de él, así que he visto el vómito de cerca. Había macarrones enteros. Creo que eran macarrones con queso, porque era todo amarillo...

—¡Scott! —gritó su madre—. ¿Te importaría contar otra cosa, por favor? ¿Quizá algo que no tenga tanto que ver con el funcionamiento del sistema digestivo?

—Perdona, mamá. Hablaré de cosas aburridas. Ya sé: ¿qué tal George? Él siempre es un aburrimiento.

—Tu hermano no es un aburrimiento —le contestó su madre.

George no había levantado la mirada de su plato. Odiaba pensar en las clases de gimnasia, aunque no fueran las suyas. Las clases de gimnasia significaban niños gritándole para que corriera más rápido o les lanzara la pelota con más fuerza. Odiaba correr un kilómetro en la pista con ellos.

—¿Qué pasa con esa obra en la que vas a actuar con tu novia? —le preguntó Scott.

—No es mi novia —le contestó George con los ojos clavados en su plato.

—Tu hermano no ha hecho el casting —le explicó su madre.

—¡¿Por qué no?! —gritó Scott—. ¿Te pasas todo el fin de semana ensayando una obra sobre una araña imbécil y luego no te presentas al casting?

—¡Carlota no es imbécil!

George tiró su tenedor, que rebotó en el borde del plato y salió volando por los aires. Todos los ojos se centraron en el cubierto, que giró como a cámara lenta. Tocó el techo, rebotó en la cabeza de Scott y acabó aterrizando en el suelo.

—¡Ay! —gritó Scott—. Mamá, ¿has visto lo que ha hecho? ¡Ha intentado matarme!

—Scott, no habría conseguido algo así ni a propósito. Ha sido un accidente y estoy segura de que lo siente. ¿Verdad, Gi-gi?

George asintió, aturdida. Todavía sentía el peso del tenedor en sus manos.

—Pues díselo a tu hermano —le pidió su madre antes de dirigirse al congelador en busca de hielo.

—Perdona, Scott —murmuró George.

Scott se frotó la cabeza y sonrió.

—Tío, menudo método de defensa. Si alguna vez te metes en una pelea, seguro que podrías ser muy bueno.

Su madre volvió con varios cubitos en una bolsa de plástico. Scott sujetó la bolsa contra la cabeza con una mano y siguió comiendo con la otra.

—Bueno —dijo su madre—, al menos el golpe no te ha quitado el hambre.

Como los medallones de pescado y los guisantes blandos no exigían masticar demasiado, George no tardó en terminarse el plato. Pidió permiso para levantarse y dejó su plato en el fregadero de acero inoxidable. Subió corriendo y cerró la puerta de su habitación justo cuando empezaban a saltársele las lágrimas. Se dejó caer en la cama y lloró sobre la almohada. Lloró por Carlota. Lloró por haberse enfadado con Kelly. Lloró porque la señorita Udell hubiera pensado que estaba de broma. Pero sobre todo lloró por sí misma.

Luego sacó la bolsa de tela vaquera del fondo del armario y pasó los dedos por las revistas. Se restregó las frías páginas por las mejillas, dejando tras de sí manchas húmedas que deformaron las portadas. Se dijo a sí misma que no le importaba estropearlas.

Pensó que debería tirar las revistas. Debería deshacerse de todas ellas. Pero no podía tirarlas al cubo de la basura de la cocina. Su madre las vería y querría saber de dónde habían salido. Incluso si George las tiraba directamente al contenedor de papel, alguien podría verlas. Además, no estaba segura de si podría tirar así a sus amigas de las revistas. Y, aunque pudiera, no podría dejar de querer ser como ellas.

Así que apretó las revistas contra su pecho y volvió a guardarlas con cuidado para la próxima vez.

6

Pillada

A la mañana siguiente, su madre encendió la luz de la habitación.

—Hora de ponerse en marcha. No me ha sonado el despertador. Ya has perdido el autobús del colegio. Os llevaré a ti y a tu hermano en coche.

Su madre dejó la puerta de la habitación entreabierta y bajó a la cocina maldiciéndose a sí misma. George arrancó su cuerpo de la cama, se puso lo primero que encontró y bajó la escalera arrastrando los pies.

—¿Dónde está tu mochila? —le preguntó su madre peinándose con una mano y poniéndose los zapatos con la otra.

—Arriba —le contestó George, medio atontada.

—Pues ve a buscarla.

—¿Y el desayuno?

—Desayunaréis en el coche. ¡Y no olvides los zapatos!

George metió sus cosas en la mochila, deslizó los pies en las zapatillas de deporte y bajó las escaleras.

Su madre estaba ya en la puerta, rebuscando las llaves en el bolso.

—¿Dónde está tu hermano?

—No sé —le contestó George—. Seguramente está aún en la cama.

—Pues sube a buscarlo. Dile que si no está aquí en un minuto, se queda sin móvil toda la semana.

—¿Puedo tirar del edredón?

—Claro.

George volvió a subir las escaleras, esa vez con un buen incentivo. La crueldad fraternal consentida por los padres era un regalo poco habitual que no debía desaprovecharse. Aunque su madre había dejado encendida la luz de la habitación de Scott, su hermano estaba profundamente dormido, roncando. George buscó las dos esquinas del grueso edredón verde y tiró de un solo golpe.

—¡Eh! —se quejó Scott.

—¡Mamá me ha dado permiso! —le dijo George—. También ha dicho que te quedas sin móvil toda la semana si no estás abajo en un minuto.

—No se cree que lo tengo todo controlado —dijo Scott, ya en pie. Llevaba puestos sus vaqueros favoritos y una camiseta negra arrugada—. Intento aprovechar al máximo mi descanso para dar lo mejor de mí en el colegio, ¿y qué hace? Quejarse, quejarse y quejarse.

Se pasó varias veces los dedos por el pelo rizado y metió los pies en sus botas, con los cordones desatados. Luego se colgó la mochila al hombro y corrió escaleras abajo. George lo siguió.

—¡Parece que hayas dormido así! —dijo su madre.

—He dormido así —le contestó Scott sonriendo.

—Y no te has lavado los dientes, ¿verdad?

—No.

La sonrisa de Scott se hizo más amplia.

—Eres un guarro —dijo su madre con tono resignado.

—Soy un adolescente —replicó Scott—. ¿Qué esperabas?

Su madre dio a cada uno una barrita de muesli y les indicó con un gesto que se dirigieran al garaje.

—No entiendo por qué no puedo coger el siguiente autobús —dijo Scott mientras se abrochaba el cinturón de seguridad del asiento del copiloto.

Scott cogía el autobús urbano para ir al instituto, no un autobús del colegio, como George.

—Porque el próximo autobús pasa dentro de tres cuartos de hora, así que te perderías la primera clase.

Su madre sacó el coche del garaje marcha atrás y avanzó por el camino.

—Solo es lengua. Y creo que sé hablar perfectamente.

—Eres patético, Scotto.

Mientras conducía, su madre murmuraba que necesitaba un despertador nuevo y que sus hijos ya tenían edad para levantarse por su cuenta. ¿Para qué le había regalado un despertador a Scott en Navidad?

George miraba por una ventanilla del asiento de atrás y contaba postes telefónicos. Cuando era pequeña, su abuelo le dijo que, si contaba cien postes telefónicos seguidos, un hada de luz le concedería un deseo. La verdad es que George ya no creía en el hada, y a veces ni siquiera sabía cuál era su deseo, pero contar postes telefónicos se había convertido en una costumbre que la tranquilizaba.

La clase 205 se alborotó con la llegada de los alumnos, que colgaban las chaquetas y las mochilas en el armario de los abrigos. Junto a la esquina donde sacaban punta a los lápices, un grupo de niñas rodeó a Maddy y a Emma, que mostraban las mechas temporales de color rosa que la hermana mayor de Maddy les había hecho la noche anterior.

La señorita Udell señaló discretamente a George y movió un dedo para indicarle que se acercara a su mesa. Seguramente la mesa estaba en aquella clase desde que se había construido el colegio, incluso puede que tuviera más años que la señorita Udell. La capa de barniz original se había desgastado totalmente en algunas partes y estaba muy rayada en las demás. Si se apretaba fuerte con la uña, se podía dejar una marca en la mesa.

—Ayer me sorprendiste —dijo la señorita Udell, que se había puesto las gafas de leer—. No puedo darte el papel de Carlota. Demasiadas niñas que lo quieren.

—Lo sé.

George esperaba que la señorita Udell la mandara a su sitio.

—Pero lo hiciste muy bien —siguió diciendo la señorita Udell—. Tienes pasión e interés. ¿Estás seguro de que no quieres otro papel? Podrías ser Wilbur.

«Wilbur, el cerdo asqueroso.» George negó con la cabeza. Para eso prefería no participar en la obra.

—O cualquier otro papel de niño. ¿Templeton? ¿El señor Zuckerman? ¿El ganso?

—No, gracias.

—¿Quizá un narrador? El papel de los narradores es muy importante. Informan al público.

George negó con la cabeza: no quería actuar en la obra y ver a otra persona en el papel de Carlota.

—Bueno, de acuerdo —dijo la señorita Udell observando muy atenta a George—. Supongo que puedes formar parte del equipo técnico.

La puerta de la clase se abrió y entró corriendo Kelly.

—¿Tengo un papel? ¿Tengo un papel?

La señorita Udell desplazó su atención a la burbuja de entusiasmo que daba saltos frente a ella.

—Kelly, te enterarás de si tienes papel a la vez que los demás. Al final del día.

Kelly hizo un gesto exagerado, se dirigió hacia el armario de los abrigos y se unió al grupo de niñas que se apiñaban alrededor de Maddy y de Emma. La señorita Udell se giró hacia donde había estado George, pero George ya se había marchado a su sitio.

Como había prometido, la señorita Udell no comunicó los nombres de los alumnos que iban a actuar en la obra hasta los últimos minutos de la jornada escolar, momento en que repartió los guiones a los actores y dio varios consejos sobre cómo memorizar el texto.

Kelly sería Carlota. Al enterarse, pegó tal salto que casi se cayó de la silla y dio un grito de alegría. Luego se volvió para sonreír a George, pero George había girado la cara hacia el armario y se había tapado los ojos con la mano. Por si fuera poco no ser Carlota, además tendría que oír a Kelly hablando del tema, y seguramente de nada más, durante las tres semanas siguientes.

La señorita Udell continuó leyendo la lista de papeles. Chris sería Templeton. El niño soltó un fuerte «síííííí» y levantó el puño al aire. Maddy, Emma y otros alumnos serían los animales de la granja, y la mayoría de los demás que se habían presentado al casting serían los narradores. Los papeles de Wilbur y Fern los harían alumnos de la clase del señor Jackson. No pronunció el nombre de George.

George sabía que no había la menor posibilidad de que la señorita Udell dijera su nombre. Aun así, se derrumbó. Lo cierto era que había empezado a creer que si la gente la veía haciendo el papel de Carlota quizá se daría cuenta de que era una niña también fuera del escenario.

Cuando llamaron a su fila, George cogió la bolsa de los libros y se alejó lo antes posible de los niños que se apiñaban junto al armario. Metió en la mochila el libro de ejercicios de mates y el libro de texto de ciencias.

La clase 205 bajó al patio. George no prestaba atención cuando la clase se detenía para reagruparse. Se chocó varias veces con la mochila que tenía delante.

En cuanto la clase llegó al patio del colegio, Kelly se salió de la fila de las niñas y se acercó a George.

—¿Por qué no estás en la obra? —le preguntó—. La señorita Udell dijo que todo el que se presentara al casting tendría un papel. Y estaba segura de que te daría el de Wilbur. Lo hiciste muy bien el fin de semana. Sin ti, los ensayos serán un aburrimiento total.

—Oye, George, ¿por qué no estás en la obra? —gritó otra voz.

George reconoció la voz de Rick y se encogió de vergüenza. Jeff casi nunca hablaba directamente con George, a no ser que tuviera algo importante que decirle, pero a George no le sorprendió verlos a los dos cuando se giró.

—La semana pasada te echaste a llorar por la pobre araña —siguió diciendo Rick—. Y te vimos hacer el casting. Debes de haberlo hecho fatal para que Chris se llevara el papel.

—Seguro que se equivocó y leyó el papel de la idiota de la araña —se burló Jeff—. De todas formas, es una tía friki.

Jeff soltó una carcajada, y Rick se rió con él.

—No les hagas caso.

Kelly tiró de la manga de su mejor amigo, pero George se quedó donde estaba. Se le erizó el vello de los brazos y sintió un escalofrío en la nuca.

—O quizá lo leyó todo al revés —dijo Rick.

Jeff intentó decir «oinc» al revés y soltó un gruñido espantoso:

—¡Cnio! ¡Cnio!

Rick se unió a él, y ambos cruzaron gruñendo el patio hacia la puerta, donde los padres esperaban sentados en sus coches a lo largo de la calle.

George contuvo la respiración hasta que Rick y Jeff cruzaron la puerta. No sabían su secreto, porque en caso contrario no lo habrían soltado con tanta ligereza, pero sus suposiciones se habían acercado tanto a la verdad que las mejillas de George ardían de vergüenza. Relajó las manos, que había estado apretando en un puño, pero siguió con la mandíbula tensa.

—Son gilipollas —dijo Kelly—. No eres una niña.

—¿Y qué pasa si lo soy?

A George le sobresaltaron sus propias palabras.

Kelly retrocedió sorprendida.

—¿Qué? Es ridículo. Eres un niño. Bueno… —Señaló vagamente por debajo de la cintura de George—. Tienes «eso», ¿no?

—Sí, pero…

George se quedó sin palabras y miró al suelo. Dio una patada a una piedra, que fue a parar a una mata de hierba. No se sentía un niño.

Se quedaron los dos en un incómodo silencio. Kelly pensaba con el entrecejo fruncido. Al rato dijo:

—Mira, una vez pensé que quizá era un niño. Hace años, cuando quería ser bombera, pero pensaba que todos los bomberos eran hombres. ¿Te pasa lo mismo?

—Creo que no, Kelly.

Las filas de coches junto a los autobuses prácticamente habían desaparecido, y los conductores de estos solo esperaban la indicación de que podían ponerse en marcha. Habían empezado a arrancar los motores. Los fuertes rugidos y el humo de los tubos de escape invadieron el aire.

De repente a George se le pasó por la cabeza una idea aterradora y cogió a Kelly del brazo, justo por encima del codo.

—No se lo digas a nadie.

—No se lo diré a nadie.

Sintió que George le apretaba el brazo cada vez más fuerte.

—Ni siquiera a tu padre.

—Ni siquiera a mi padre.

Corrieron a sus respectivos autobuses. Las suelas de sus zapatillas de deporte golpearon el asfalto mientras lanzaban al aire «¡Un, dos, tres!» y «¡Caña!».

El autobús del colegio dejó a George en la esquina y se alejó acelerando el motor para coger velocidad. George recorrió la media manzana hasta su casa y enfiló el camino. Sacó la llave y apoyó la mochila en una rodilla mientras giraba la llave hacia la derecha, pero, como la puerta no estaba cerrada con llave, se abrió fácilmente. Su madre estaba sentada en el sofá.

—¡Ya estás en casa! —dijo George.

—¿Qué es esto? —le preguntó su madre.

Su rostro no expresaba nada. En un dedo tenía colgada la bolsa vaquera de George, que se balanceaba ligeramente. La cremallera estaba abierta.

A George se le disparó el corazón, y por un momento pensó que iba a explotar. Respiró hondo.

—No me encontraba bien y he vuelto a casa a hacer un poco de limpieza —dijo su madre—. Tu armario estaba hecho un desastre… y he encontrado esto. ¿Las has robado?

—¡No! —A George le ardía la cara—. Las… colecciono.

—No me mientas. ¿De dónde las has sacado?

Su madre sacó el ejemplar de *Seventeen* del mes de octubre, con las dos gemelas de la portada sonrientes, ajenas al fuerte agarrón de su madre.

—Las encontré en varios sitios.

Su madre la observó con el entrecejo fruncido. Se levantó soltando un fuerte suspiro.

—George, no quiero verte poniéndote mi ropa. O mis zapatos. Tenía gracia cuando tenías tres años. Pero ya no tienes tres años. En realidad, no quiero que entres en mi habitación para nada.

—Pero si no… —empezó a decir George.

Su madre, sin embargo, no le hizo caso. Se metió en su habitación con la bolsa vaquera en la mano. George se quedó junto a la puerta de la calle, con la boca ligeramente abierta.

No se podía creer que había perdido a sus amigas.

7

El tiempo no pasa cuando te sientes mal

George pasaba los días sumida en una neblina de tristeza. Se arrastraba por su rutina diaria. Por las mañanas, se levantaba de la cama y se metía en el baño arrastrándose. Bajaba las escaleras arrastrándose y arrastraba la cuchara hasta su taza de cereales, y de ahí a la boca. Se arrastraba hasta la parada del autobús, se arrastraba durante todo el día y volvía a casa arrastrándose.

Aquella semana Kelly no la llamó ni una vez, y tampoco George la llamó a ella. Ni siquiera comieron juntas. Kelly comía con los demás actores y hablaban de la obra. Cuando Kelly miraba hacia donde estaba George, le lanzaba una sonrisa rara y forzada. Aquella semana, George comió sola.

El jueves se sentó sin fijarse y se dio cuenta de que se había puesto delante de Jeff y Rick. Se pasó toda la hora de la comida observando fijamente su bandeja y oyendo cómo se reían de la señora Fields, de los de párvulos y, por supuesto, de ella.

En casa, su madre no dijo nada de su bolsa, o no mucho más. Siguió a lo suyo con rostro impasible y movimientos rígidos. George evitó coincidir con ella. Cenaba lo más deprisa que podía, solo se sentaba delante de la tele para ver sus programas favoritos y pasaba el mayor tiempo posible en su habitación. Y no dejaba de pensar en sus revistas.

El sábado por la mañana, al oír un fuerte toc toc en la puerta de su habitación, pensó que sería su madre. Pero le sorprendió ver a su hermano con dos mandos de consola en las manos.

—¿Quieres jugar a *Mario Kart*?

Hacía meses que Scott no le pedía a George que jugara a los videojuegos con él. Antes jugaban casi a diario. George llegaba a casa después de clase y se encontraba a Scott en el sofá, viendo lucha libre y sin hacer los deberes. Jugaban hasta que su madre llegaba a casa y les gritaba que apagaran la tele y que hicieran los deberes. Pero entonces Scott solía volver a casa justo a la hora de cenar, si no después.

—¿Por qué? —le preguntó George, todavía sumida en su nube de tristeza.

—Si mamá me pilla en el sofá jugando a los videojuegos, me obligará a hacer los deberes. Pero si estoy jugando con mi «hermanito» —Scott revolvió un poco más el ya alborotado pelo de George—, lo llamará «lazos fraternales» o algo así y quizá nos deje echar unas cuantas partidas más.

La razón de Scott parecía lo bastante egoísta como para ser verdad, así que George bajó con su hermano al comedor y se sentó a la derecha del sofá. Eligieron los coches y a los conductores. Scott se quedó con Bowser, el malísimo reptil del juego de Nintendo. Le encantaba golpear a los personajes más pequeños y lanzarlos por los aires. George eligió a Toad. Le gustaban los alegres sonidos que hacía el pequeño champiñón. Cuando estaba sola, algunas veces jugaba con la princesa, pero no se atrevió a elegirla delante de Scott.

Cayó del cielo una criatura con una bandera a cuadros en las manos. Tras una breve cuenta atrás, empezó la carrera. Los personajes rivalizaban por la primera posición derribando obstáculos y adelantándose unos a otros. Scott y George se abrieron camino por el laberinto.

Al empezar la última vuelta, iban primero y segundo. Los personajes del juego iban casi media vuelta por detrás. Mientras giraban hacia la larga recta final, George lanzó hacia delante un caparazón rojo. El caparazón pegó un grito y fue a estrellarse contra Scott, a quien lanzó por los aires haciendo remolinos. En la pantalla, Bowser alzó el puño con rabia y volvió despacio a la carretera. Como era un animal pesado, necesitó tiempo para coger velocidad. Toad pasó como una exhalación y se colocó en primera posición. La meta estaba justo delante, y George la cruzó un segundo antes de que Scott lo alcanzara.

Su hermano rugió como un dinosaurio y sacudió el mando en el aire. George se rió.

—¿Sabes? —dijo Scott—, es la primera vez que te oigo reír en casi una semana.

—Ya —respondió George.

—¿Tienes problemas con alguna niña? —le preguntó Scott con los ojos clavados en la pantalla de la tele mientras la nube anunciaba que empezaba la siguiente carrera.

—No —le contestó George.

Sabía que no era verdad. Ser una niña en secreto era un problema importante.

—¿Qué pasa con Kelly?

—Ya te lo dije —le contestó George entre dientes—: no es mi novia.

Se mordió el labio mientras tomaba una curva cerrada.

—No te he visto hablar con ella por teléfono en toda la semana.

—Olvídalo.

—¿Os habéis enfadado?

—¡NO!

George sintió el mando húmedo entre sus manos sudorosas.

Scott se rió y lanzó un coche a un charco de lava.

—¿Qué te parece tan divertido?

—Que parece que sí os habéis enfadado.

—Cállate, Scott.

—Lo que tú digas. No es mi novia.

—¡CÁLLATE!

Al volverse hacia su hermano, George giró a la vez el mando. Toad cayó gritando por un barranco, y la mitad inferior de la pantalla mostró un agujero oscuro y profundo.

—¿Ves lo que me has obligado a hacer?

En la última vuelta, Scott se colocó en el primer puesto. George llegó a la meta en quinta posición, pero aun así consiguió quedar tercera en el ranking general.

Jugaron la tercera ronda en absoluto silencio, corriendo la última vuelta con tanta rivalidad como si estuvieran en las 500 Millas de Indianápolis. Luchaban por el primer y segundo puestos cuando apareció Mario. Parecía invencible y adelantó los dos coches, el de Scott y el de George, que volaron por los aires y aterrizaron en la carretera en punto muerto. Renquearon hasta la meta, protestaron por la música de derrota que sonaba en la pantalla y se juraron aplastar a Mario en la cuarta y última ronda del juego.

Scott chocó contra Mario con su enorme fuerza, y George utilizó sus champiñones para pasar por encima de él a toda velocidad. Cruzaron la meta riéndose. Llegaron en cuarta y sexta posición, encantados de que Mario hubiera quedado el último.

Scott y George jugaron otra partida al *Mario Kart*, y después otra, hasta que Scott insistió en cambiar a un

juego de disparos. Prometió a George que era divertido y que se lo pasaría bien. No fue así, y a los pocos
minutos dejó a Scott matando todo lo que se le ponía
por delante.

8

«Soy gilipollas»

El lunes por la mañana, el patio del colegio se llenó de niños. Los más pequeños daban patadas a las piedras y corrían de un lado a otro como locos, mientras que los mayores se agolpaban alrededor de aparatos electrónicos que escondían en el fondo de sus mochilas durante la jornada escolar. George se apoyó en la valla metálica y observó a unas niñas de su clase que saltaban a la comba. Aunque se sabía las canciones que cantaban, nadie le pedía que se uniera a ellas. Los niños no saltaban a la comba.

—Hola —dijo alguien en voz baja detrás de ella.

Era Kelly. Llevaba una camiseta azul claro en la que se veía una ballena sonriente que decía ME LO PASO MÁS EN GRANDE QUE UNA BALLENA.

—Siento que me dieran el papel de Carlota.

Giró la punta de su zapatilla de deporte en el asfalto.

George se encogió de hombros.

—¿Estás enfadado conmigo? —le preguntó Kelly.

—No.

—Bien.

Kelly respiró hondo.

—Y siento no haberte hecho caso la semana pasada.
—Se rascó el cuello—. ¿Sabes qué?, si crees que eres una niña…

George se preparó mentalmente para las siguientes palabras de Kelly.

—Entonces yo también lo creo.

Kelly saltó sobre su mejor amigo y le dio un abrazo tan fuerte que ambos estuvieron a punto de caerse al suelo. La sorpresa boquiabierta y la alegría que reflejaba la cara de George consiguieron que Kelly sonriera todavía más.

—¿Eres transgénero o algo así? —Kelly estaba tan nerviosa que hacía lo que podía por no levantar la voz—. He leído en internet que hay muchas personas como tú. ¿Sabías que puedes tomar hormonas para que tu cuerpo no sea como el de un hombre?

—Sí, lo sé.

George leía páginas web sobre la transición de hombre a mujer desde que Scott le había enseñado a borrar el historial del ordenador de su madre.

—Pero se necesita el permiso de los padres —siguió diciendo George.

—Tu madre es bastante enrollada —dijo Kelly alzando las cejas—. Quizá lo acepte.

George negó con la cabeza, bajó la mirada y la clavó en los cordones de sus zapatillas de deporte. No necesitaba cerrar los ojos para volver a ver su bolsa vaquera colgando del dedo de su madre, balanceándose ligeramente. La frase «Ya no tiene gracia» resonaba en su mente. Le contó a Kelly lo de su bolsa llena de revistas de chicas y que su madre la había encontrado.

—¡No es justo! —exclamó Kelly indignada—. ¡No las robaste! ¡No tiene derecho a quitártelas!

—A veces, las personas transgénero no tienen derechos.

George había leído en internet casos de personas transgénero tratadas injustamente.

—Es horrible.

—Lo sé.

Tras un incómodo silencio, Kelly mostró a George varias fotos que había hecho el fin de semana en el parque. Muchas de ellas eran primeros planos de hojas, algunos de ellos impresionantes. La luz, que iluminaba de forma diferente las distintas partes de las hojas, hacía que parecieran tridimensionales.

Kelly se sacó la cámara del bolsillo. Luego empezó a dar instrucciones y a desplazarse alrededor de George disparando.

—Sonríe más, como si acabaran de darte un regalo. Ahora sorpresa, cuando abres el regalo. Y alegría, como si te hubieran regalado lo que siempre habías querido.

George frunció el entrecejo.

—¿Por qué no fotografías mi cara, en lugar de decirme qué cara tengo que poner?

—Solo pretendo aportar cierta dirección artística. Da igual.

Se guardó la cámara en el bolsillo y se unió a un grupo de niñas que jugaban a la rayuela. George se apoyó en la valla y contempló el cielo nuboso.

Cuando sonó el timbre, los alumnos de cada clase formaron en el patio una fila de niños y otra de niñas. Ya en la clase, George se sentó en su sitio y empezó a hacer la tarea anotada en la pizarra. Consistía en formar la mayor cantidad posible de palabras con las letras de la palabra REPRESENTACIÓN. George observó las tres palabras de su página: PRESENTACIÓN, ESTACIÓN y SENTAR. Se negó a escribir PENE, aunque no dejaba de saltarle a la vista y le impedía encontrar otras palabras. George seguía con sus tres palabras en la página cuando la señorita Udell empezó a dar instrucciones.

—Como sabéis, falta poco para nuestra obra. Ha llegado el momento de pisar el acelerador. Limitaremos nuestras actividades académicas habituales a las horas de la mañana. —La señorita Udell pasó por alto las miradas inexpresivas que le llegaban de la clase—. Dedicaremos todas las horas de después de comer a actividades teatrales.

—¡Creo que quiere decir que no haremos nada después de comer! —gritó Chris.

—¡Nada de eso! —La señorita Udell lo miró muy seria por un momento y luego sonrió—. Lo que quiero decir es que estaremos en clase solo hasta la hora de comer. Como el auditorio retumba, quiero que los actores aprendan a proyectar su voz como es debido. Además, el equipo técnico tiene que montar el escenario.

La clase gritó de alegría. Algunos, por la obra, aunque la mayoría porque tendrían menos trabajo de clase. Kelly gritó más que los demás, pero George se quedó en silencio. No quería pisar el acelerador. No quería volver a pensar en Carlota. Quería que se acabara de una vez la obra. Lo único bueno del plan de la señorita Udell era que eso significaba que se saltarían la clase de gimnasia de la tarde.

La señorita Udell pidió a los alumnos que se callaran y siguió hablando.

—Eso no quiere decir que no vayamos a trabajar duro por las mañanas. En realidad, tenemos que ser el doble de eficaces. Y estoy segura de que no tengo que recordaros —dijo mirando a Jeff y a Rick, y luego a Kelly— que a los alumnos que no presten atención a sus estudios por la mañana los mandaré a otra clase por la tarde para que sigan estudiando, y les pondré más deberes.

La mañana transcurrió entre ejercicios de vocabulario, quebrados y lectura. No volvió a mencionarse la obra hasta la comida, cuando una oleada de entusiasmo irrumpió en la gran mesa del comedor. Kelly dijo que lo sabía todo sobre la proyección de la voz y que estaría encantada de ayudar a todo aquel que lo necesitara. Nadie le tomó la palabra.

Cuando sonó el timbre del final del descanso, la señorita Udell no esperó a sus alumnos en la clase, como solía hacer, sino que fue a buscarlos al patio. El señor Jackson iba detrás de ella. La señorita Udell se llevó a los actores al auditorio para que ensayaran en el escenario y dejó a los demás alumnos de cuarto en el patio con el señor Jackson para que formaran el equipo técnico.

El señor Jackson era un negro alto, casi calvo y con un poblado bigote. Pidió al equipo técnico que se sentara en corro debajo de la oxidada canasta de baloncesto. Media docena de botes de pintura, una bolsa de brochas, varios cubos, una pila de cartón y varias lonas grandes esperaban amontonados debajo de la canasta torcida.

—Muy bien. Ya hemos decidido el vestuario, el atrezo y la música —dijo el señor Jackson—. Ahora tenemos que hacer el telón de fondo de nuestros actores para que la literatura cobre vida. Recordad que el alma de una obra de teatro es el equipo técnico. Los actores son como Wilbur, la estrella del cuento, pero nosotros somos como Carlota, los héroes invisibles que lo convierten en una estrella. Ahora ayudemos a ACTUAR a nuestras estrellas.

Antes de que el equipo técnico empezara a pintar, el señor Jackson dijo que tenían que elaborar un plan. Discutieron sobre dónde dibujar balas de heno, el abrevadero del cerdo y la ratonera de Templeton, y sobre si tenían que pintar o no la cocina de Arables. Pero todos estuvieron de acuerdo en que una esquina oscura en la parte superior derecha sería perfecta para Carlota y sus telarañas. El señor Jackson les proporcionaría una escalera, que colocarían detrás del telón de fondo para que Carlota apareciera por arriba.

George se quedó callada hasta que llegó la hora de elegir a los miembros del equipo técnico que ayudarían en el escenario, pero en ese momento levantó la mano la primera. Ya que no podía ser Carlota, al menos entregaría a Kelly las cartulinas en las que pintarían las palabras formadas con tela de araña. Además sujetaría con fuerza la escalera mientras Kelly actuaba desde arriba. Escondida en la oscuridad, sería la Carlota de Carlota.

Dos niñas y un niño de la clase del señor Jackson se ocuparían de trasladar el atrezo al escenario y retirarlo.

Rick se ofreció voluntario para subir el telón. Jeff no se apuntó a nada. Dijo que prefería comerse una araña que volver al colegio por la tarde. Se advirtió a los tramoyistas que el día de la función fueran vestidos de negro para que no se les viera.

Al final, llegó la hora de ponerse a pintar el telón de fondo principal de la obra. El equipo técnico extendió gruesas lonas en el agrietado asfalto del patio. Las cubrieron con manchas y trazos amarillos, azules, anaranjados y rojos. La lona se había quedado pegada y crujía a medida que los alumnos la desdoblaban. El señor Jackson repartió batas hechas con grandes camisas de hombre. Jeff se negó a ponerse una porque decía que parecían vestidos. Cuatro alumnos desplegaron un trozo de tela blanca y lo colocaron encima de la lona. Estaba formado por dos sábanas blancas cosidas, y sería su telón de fondo.

Se asignó una labor a cada miembro del equipo técnico. George se ocupó de pintar el abrevadero del cerdo. Aplicó una capa de pintura marrón. En cuanto los bordes se secaran un poco, dibujaría el contorno y algunos detalles en negro. Mientras esperaba, dejó el pincel en remojo en un vaso de plástico lleno de agua sucia, muy sucia. Removió el pincel y observó el remolino fangoso de color marrón, en el que aparecían hilillos verdes. Mientras frotaba el pincel contra una esquina de la lona para que se secara, oyó a Jeff y a Rick charlando.

—¿Para qué quieres tirar el telón? —preguntó Jeff con tono desdeñoso.

—No lo sé —le contestó Rick—. Bueno, he pensado que sería divertido.

—Creo que sería más divertido tirarlo en mitad de la función —dijo Jeff riéndose.

Rick soltó una risita falsa.

—Sí, claro.

—¡Oh, venga, Rick! ¿Qué te pasa? De repente parece que te importe esa idiotez de función. Ahí estás, preocupado por cuántas cuerdas tienen los chismes de heno.

—Se llaman «balas», y el señor Jackson ha dicho que la cuerda se llama «bramante».

—¿A quién le importa? —dijo Jeff—. Estás siendo un pelota.

—¡No es verdad! —gritó Rick al tiempo que le tiraba el pincel a Jeff. Un chorro de pintura amarilla manchó la sábana blanca de algodón—. Mira lo que he hecho por tu culpa.

Rick fue a buscar un trapo e intentó limpiar la pintura.

—Lo que tú digas.

Aunque George no lo veía, sabía que Jeff estaba poniendo los ojos en blanco.

—Pero, bueno, ¿qué pasa? Solo es una araña idiota. ¿Sabes lo que haría si me encontrara con una araña que hablara?

Jeff esperó a que Rick le contestara, pero Rick estaba concentrado en sus pinceladas. El pincel de Jeff estaba en un charco amarillo de la lona, debajo de una bala de heno a medio pintar.

—La pisaría. La aplastaría con el pie por friki. Araña friki. Araña idiota y friki. —Jeff empezó a improvisar una canción—. «Araña idiota y friki. Voy a pisarte porque te lo mereces, araña idiota y fri-i-ki. Muéreteeeeee.»

A George le ardía la cara. Jeff no tenía ningún derecho a hablar de ese modo de Carlota. Jeff se pasaba el día diciendo maldades. Carlota no lo toleraría, y George tampoco.

Cogió una hoja de papel en blanco, un bote de pintura negra y un pincel pequeño. Extendió el papel y se puso a trabajar. Cuando terminó, estaba bastante satisfecha con lo que había hecho. Carlota no era la única que podía expresarse mediante palabras bien escritas.

George levantó el papel con cuidado, sujetándolo con el índice y el pulgar. Le preocupaba tanto que la pintura aún no estuviera seca y que la hoja le cayera en la pierna que apenas pensó en lo que estaba haciendo y a quién se lo estaba haciendo. Sus pies la impulsaron rápida y directamente hacia su objetivo.

Jeff estaba tumbado en el suelo boca abajo. Rellenaba un cielo azul en la parte superior de la tela, dejando manchas de pintura a su paso. Rick estaba agachado a su lado, dibujando una línea negra alrededor de una bala de heno.

Al pasar por delante de Jeff, George soltó la hoja de papel. Fue un lanzamiento directo, que aterrizó perfectamente en su espalda, justo en medio de su camiseta blanca.

—Eh, ¿qué mierda…?

Jeff se giró.

—Perdona —dijo George.

Recogió rápidamente el papel de su espalda y sonrió de oreja a oreja.

—Qué torpe. —Jeff resopló.

Y volvió a su cielo azul. No tenía ni idea de que en su camiseta había quedado estampada en pintura negra la frase SOY GILIPOLLAS, rodeada por una sencilla tela de araña. Jeff era gilipollas, y todo el mundo lo sabría.

George se mordió la lengua para evitar reírse en voz alta. Había funcionado. La G estaba torcida, pero las palabras se entendían. George arrugó el papel y lo tiró en la gran bolsa de basura negra.

Pero en cuanto volvió a su sitio se quedó paralizada. Su rostro perdió el color y le dio la sensación de que se le hinchaba la lengua. Jeff no tardaría en enterarse de lo que había pasado y sabría quién lo había hecho. Estaba muerta. M-U-E-R-T-A. Muerta.

George no dejó de mirar nerviosa a Jeff hasta que el señor Jackson comentó que había llegado la hora de recoger. Jeff se colocó en la fila, junto a la valla, sin haber limpiado nada, y Rick lo siguió. De pronto se oyó un bufido de Rick, y un grito de Jeff. Jeff dio la vuelta a su camiseta.

—¿Qué mier...?

Se calló al tropezar con la mirada del señor Jackson, pero los ojos le brillaban de rabia. Frotó la camiseta todo lo que pudo, pero era demasiado tarde. La pintura se había secado. Jeff se rindió y le dio la vuelta, con la etiqueta por fuera, apuntando a su pelo.

A George le llegó el olor de su propio sudor. Sintió calor en la nuca, luego frío y humedad, y luego de nuevo calor. Su cuerpo quería echar a correr. Y de repente Jeff estaba justo delante de ella. Rick se quedó detrás.

—Oye, Rick, parece que alguien por fin empieza a tener huevos.

Jeff se golpeó la palma de la mano izquierda con el puño derecho.

George se miró los pies con la esperanza de que ninguno de los dos se diera cuenta de que se había puesto roja. Nada le intimidaba más que los niños hablando de lo que había debajo de sus calzoncillos. Le ardían tanto las mejillas que se sintió de metal. Deseó ser realmente de metal, con rayos láser en los ojos que partieran a Jeff por la mitad.

Pero no era de metal, y sus ojos eran tan impotentes como el resto de su cuerpo. Jeff le sacaba una cabeza, y era también corpulento. El meñique de Jeff era como el índice de George. Jeff siguió golpeándose una palma de la mano con el puño de la otra. Rick se quedó detrás de George. No era tan alto como Jeff, pero sí más alto que George, y más fuerte.

Rick sujetó a George por los hombros para que no se moviera. George sintió que se le formaba un agujero en el fondo del estómago. Levantó la cabeza y miró al señor Jackson, que estaba rodeado de alumnos y de material de manualidades.

—Te crees muy gracioso, ¿verdad, friki? ¿Crees que puedes meterte conmigo? Eres un pedazo de friki. Eres un friki. Friki. Friki.

Con cada «friki», Jeff golpeaba con el dedo la frente de George. Las palabras de Jeff se le introducían por debajo de la piel y se instalaban entre las grietas de sus huesos.

Sin previo aviso, Jeff echó el brazo hacia atrás y lanzó el puño contra el estómago de George, que retrocedió un par de pasos hacia la valla, se dobló por la mitad y se presionó la barriga con ambos brazos, jadeando para tomar aire.

El cuerpo de George se contrajo con un espasmo. Le dio una arcada. Le dio otra arcada. Abrió la boca y su vómito salió disparado formando un arco que alcanzó las zapatillas de Jeff y le salpicó hasta la cara. Luego George se desplomó en el suelo.

—¡Puaj! —gritó Jeff, que se pasó las manos por la cara y luego se las miró horrorizado—. ¡¡¡Puajjjjjj!!!

Rick soltó una risita.

—¡Cállate! —gritó Jeff quitándose la camiseta, que ya llevaba del revés por culpa de la tela de araña que decía SOY GILIPOLLAS.

Se limpió la cara y escupió muy enfadado. Apestaba a vómito ácido, que le había salpicado también los pantalones. Tenía trozos de hamburguesa y de maíz pegados a las zapatillas. Pegó un salto horrorizado, pero no pudo librarse de la peste.

El señor Jackson llegó corriendo.

—¿Qué está pasando aquí? —preguntó—. George, ¿estás bien?

Jeff estaba sin camiseta, hecho un auténtico desastre. George seguía en el suelo, sujetándose el estómago y con lágrimas en los ojos. A su alrededor se había reunido una multitud de alumnos.

—Este niño ha pegado un puñetazo a este otro —dijo un alumno de la clase del señor Jackson señalando a Jeff—. Y entonces este —añadió señalando a George—, PUAJJJJJJ, ha echado la papa, que ha salido volando y le ha caído encima a este —dijo volviendo a señalar a Jeff.

—Muchas gracias por explicarlo con todo lujo de detalles, Isaiah. Ahora te ruego que te pongas en la fila. —El señor Jackson se dirigió a los alumnos de cuarto—. De hecho, poneos todos en la fila, por favor. Jeff, te quiero en la puerta, conmigo. George, a ti también.

El señor Jackson ayudó a George a levantarse. A George le dolía el estómago y le ardía la lengua. La palabra «friki» resonaba en sus oídos. Siguió al señor Jackson y a Jeff, todavía sin camiseta, hasta el colegio. El mundo exterior le parecía distante y no oía los murmullos de los alumnos de cuarto que dejaba atrás.

Por el camino, el señor Jackson se detuvo en la secretaría para pedir una camiseta del colegio para Jeff. La señorita Davis, la secretaria del colegio, le entregó una. Tenía la cara pequeña, la nariz más pequeña aún, y el pelo corto y oscuro, canoso en las sienes.

—Apesto a vómito —se quejó Jeff—. Tengo que lavarme antes de ponérmela.

La señorita Davis suspiró.

—Yo me ocupo de ellos, señor Jackson. —Se giró hacia Jeff y George—. Pero voy con vosotros. No quiero tonterías.

George, Jeff y la señorita Davis entraron juntos en el baño de los chicos. George se quedó dando vueltas en la puerta, junto al cubo de basura.

—¿No quieres lavarte tú también? —le preguntó la secretaria.

George negó con la cabeza. Todavía sentía el sabor a vómito en la boca.

—Como quieras.

Jeff metió la cabeza debajo del grifo, se la enjuagó y tiró del rollo de toallas de papel para limpiarse la parte de arriba del cuerpo. Metió la camiseta en el lavamanos y le echó agua por encima, pero la señorita Davis le dijo que se diera prisa. Jeff se quejó, escurrió la camiseta y se puso la que le habían dado.

La señorita Davis llevó a Jeff y a George a la clase 205. La señorita Udell y la señorita Davis susurraron un momento junto a la puerta. Luego la señorita Davis entró en la clase, y la señorita Udell salió al pasillo.

—El señor Jackson me ha contado el incidente en el patio —dijo con su tono más gélido—. Jeffrey, ¿puedes hacerme el favor de explicarme por qué le has pegado un puñetazo en el estómago a George?

—¡Me ha destrozado la camiseta! —gritó Jeff.

—Señor Forrester —la señorita Udell se dirigió a Jeff por su apellido—, le agradecería que no gritara en el pasillo. Además, la violencia en las instalaciones escolares no tiene excusa, y tampoco en ningún otro sitio, por cierto. Mucho menos por una camiseta. El señor Jackson está escribiendo un informe sobre el incidente. Cuando acabe, la señorita Davis os acompañará a la secretaría. Hemos llamado a vuestros padres; vendrán a buscaros.

George y Jeff esperaron en el pasillo con la señorita Davis. Jeff no dejó de lanzar miradas asesinas a George, que no levantaba los ojos del suelo. Cuando el informe sobre el incidente estuvo acabado, los tres bajaron a la secretaría. George se sentó en un banco junto al viejo reloj de los profesores, con los pies colgando. Jeff se sentó en una silla plegable al lado de la señorita Davis, frente a la ventanilla, y se puso a pegar patadas a la mesa hasta que la señorita Davis le dijo que parara. Se quedó quieto un minuto, y luego volvió a empezar con las patadas, al principio suavemente, hasta que la señorita Davis le pegó otro grito.

La madre de George entró en la secretaría y pasó por delante de George sin verla siquiera. La señorita Davis le señaló directamente el despacho de la directora Maldonado y pidió a George que entrara con ella.

Como George nunca había entrado en el despacho de la directora, le sorprendió que fuera tan luminoso. Cortinas de color naranja enmarcaban las ventanas, que llegaban casi hasta el techo, y por todo el despacho había montones de libros. La directora Maldonado, sentada a una gran mesa en medio del despacho, invitó a George y a su madre a sentarse frente a ella, en dos sillas marrones acolchadas. La directora tenía el pelo corto, canoso, y llevaba un collar turquesa encima de un jersey de cuello alto negro. Era una mujer gorda, de anchos hombros que ocupaban toda la silla, y con cómoda confianza en sí misma.

—Bueno, señora Mitchell, George ha pintarrajeado algo que era de la propiedad de un alumno, y eso es una ofensa grave. Sin embargo, dada la naturaleza del incidente, así como la ausencia de incidentes por parte de George, preferiría solucionarlo de la manera más sencilla posible.

Mientras la directora hablaba, George recorrió con

la mirada la pared que tenía detrás. En la mitad inferior habían pegado con cinta adhesiva listas y listas de números de teléfono y de e-mails, entre las que se intercalaban notas manuscritas clavadas directamente en la pared con chinchetas. Arriba había decenas de carteles que pedían a los niños que comieran bien, que no tomaran drogas, que hicieran los deberes y que no acosaran a los demás. Un cartel de la esquina del fondo mostraba una gran bandera del arcoíris ondeando sobre un fondo negro. Debajo de la bandera, el cartel decía PRO-PORCIONA ESPACIOS SEGUROS A JÓVENES GAYS, LES-BIANAS, BISEXUALES Y TRANSGÉNERO.

George sintió un escalofrío en la columna al leer la palabra «transgénero». Se preguntó dónde podría encontrar un espacio seguro como ese, y si allí habría otras niñas como ella. Quizá podrían charlar de maquillaje. Quizá incluso podrían probarlo.

George observó fijamente el cartel y pensó en buscar a otras niñas como ella mientras su madre y la directora hablaban. La directora Maldonado le preguntó por cambios recientes en la vida doméstica, pero no había habido ninguno desde la marcha de su padre, hacía tres años.

Al final, la directora dijo:

—¿Por qué no se lleva a George a casa para que se calme y nos olvidamos del tema?

Su madre dio las gracias a la directora Maldonado, que desvió su atención hacia George.

—Yo no tomaría por costumbre molestar a Jeff. A algunos niños les gustan los problemas y hacen lo posible por buscarlos. Si vuelves por este despacho, te prometo que no seré tan indulgente.

George esperó no descubrir nunca a qué se refería.

9

Cena en el Arnie's

En el coche, su madre no dijo nada sobre la pelea. Encendió la radio en una emisora que prometía «rock clásico-o-o y moderno» y se dedicó a cantar los estribillos. Cuando llegaron a casa, le sugirió que fuera a lavarse.

En el baño, George se peinó hacia delante. Si bizqueaba ante el espejo, casi parecía una niña. Bueno, de momento. Su piel todavía era suave, pero algún día la testosterona haría que le creciera una espantosa barba por toda la cara. A Scott ya habían empezado a salirle extraños mechones de pelo por debajo de la barbilla.

Se peinó hacia atrás, como siempre, fue a su habitación y se dejó caer en la cama. A los pocos minutos oyó que llamaban suavemente a la puerta.

—¿Puedo entrar? —preguntó su madre.

—Sí.

George se incorporó y su madre se sentó a los pies de la cama.

—George, voy a serte sincera: me preocupas. Ahí fuera hay muchos niños como Jeff, y bastantes otros peores. —Su madre se sopló el flequillo—. Quiero decir que una cosa es ser gay. Los niños salen del armario mucho antes que cuando yo era joven. No será fácil, pero lo sabremos llevar. Pero ¿un gay de ese tipo? —Su madre negó con la cabeza—. Es totalmente distinto.

—Yo no soy gay, ni de ese tipo ni de ninguno.

Al menos, George no pensaba que fuera gay. En realidad no sabía si le gustaban los niños o las niñas.

—¿Y por qué encontré todas esas revistas de chicas en tu armario?

Su madre alzó una ceja, y en la frente se le formó una arruga curva.

George respiró hondo, retuvo el aire y lo soltó. Y otra vez.

—Porque soy una niña.

La cara de su madre se relajó y soltó una breve carcajada.

—¿Se trata de eso? Oh, Gi, yo estaba ahí cuando naciste. Te cambié los pañales, y te prometo que eres cien por cien niño. Además solo tienes diez años. No sabes cómo te sentirás dentro de unos años.

A George se le cayó el alma a los pies. No podía esperar años. Apenas podía esperar ni un minuto más.

—Se me ocurre una idea —dijo su madre dándole una palmadita en la rodilla—. ¿Qué te parece si esta noche hacemos algo especial? Vamos al Arnie's. —El Bufet Libre Arnie's era el restaurante preferido de George—. Te sentirás mejor cuando hayas comido nachos, pizza y pastel, como un niño normal. De momento, cálmate un poco. Eso mismo voy a hacer yo.

George sabía que su madre estaba intentando que se sintiera mejor, pero no funcionó. Nada —y sin duda no una cena en un bufet libre— aliviaría el hecho de que su madre no la viera.

Su madre se llevó el ordenador portátil a su habitación y salió solo para rellenarse el vaso de agua con gas. A George le habría apetecido echar un vistazo a sus revistas, pero vio dibujos animados en el sofá hasta las tres, la hora a la que terminaba el colegio. Sabía que Kelly tardaba unos veinte minutos en llegar a su casa en autobús, y por supuesto el teléfono sonó a las 3.22. George descolgó el auricular inalámbrico y se dirigió a su habitación.

—¿Qué te ha pasado? —le preguntó Kelly sin molestarse en saludar—. Todo el mundo ha dicho que has provocado una pelea con Jeff. Pero les he dicho que es imposible, que nunca en tu vida te has metido en una pelea, así que ha debido de ser Jeff el que la ha empezado. Bueno, dime, ¿quién ha empezado la pelea, tú o Jeff? ¿Qué te ha hecho? ¿Estás bien? Bueno, está claro que no estás en el hospital ni nada de eso, pero, tío, han dicho que te ha sacudido de lo lindo. ¿Y es verdad que le has vomitado encima? Porque sería lo más divertido que he oído en mi vida, en serio.

Kelly gritaba tanto que George sentía las vibraciones del teléfono. Se lo apartó unos centímetros del oído y esperó a que Kelly terminara.

—¿Estás ahí? —le preguntó Kelly.

—Sí.

—¿Sí qué? ¿Sí estás ahí? ¿Sí le has vomitado encima a Jeff? ¿Sí has provocado la pelea?

—Las tres cosas.

—¿Qué mierda dices, George? ¿Cómo se te ha ocurrido buscar pelea con el matón de la clase?

—No sé. Porque se ha burlado de Carlota, supongo.

La razón de George le pareció una tontería incluso a ella.

—Carlota ni siquiera es real.

—Ya, pero…

—Si vas a ser transgénero y todo eso, vas a tener que ser mucho más cuidadoso. No vas a poder vomitar encima de todos los matones con los que te encuentres.

—Podría intentarlo —dijo George—. ¡Puaj! ¡Puaj! ¡Puaj!

—Pareces una ametralladora vomitadora.

—¡Podría ser un superhéroe!

—Serías Ralph el Ralpher. Hasta podrías tener un lema: «¡Si te peleas conmigo, te vomito encima!».

George y Kelly se rieron, pero luego la conversación se interrumpió y el único sonido procedente del teléfono era el zumbido etéreo de la línea.

—La obra significa mucho para ti, ¿verdad? —le preguntó Kelly rompiendo el silencio.

—Es solo que… —George suspiró—. Solo pensaba que…, bueno…, si fuera Carlota en la obra, quizá mi madre…

—¿Vería que eres una niña?

131

—Sí —dijo George.

Le pareció curioso oír a Kelly llamándola niña, pero en el buen sentido de la palabra, como un cosquilleo en el estómago que le recordaba que era real.

—Bueno, quizá no sea demasiado tarde —dijo Kelly—. Quiero decir que la obra todavía no se ha representado, ¿verdad?

—Pero el papel es tuyo.

—Hay dos funciones, idiota. Yo puedo hacer una, y tú puedes hacer la otra.

—¿Harías algo así por mí?

—Pues claro. Lo he pensado mientras volvía a casa en el autobús. Puedo asegurarme de que mi padre vaya a la función de la tarde. ¡Puedes hacerlo! En realidad, haces el papel de Carlota mejor que yo.

Era verdad. George había escuchado el texto de Carlota tantas veces que se lo sabía de memoria, y sabía cómo recitarlo; casi como Kelly, aunque diferente en varios momentos clave. Kelly no enfatizaba las palabras correctas, y algunas veces todavía metía la pata en la primera frase de Carlota diciendo «Un saludo» en lugar de «Un cordial saludo».

—Pero ¿cómo?

—¡Facilísimo! Como eres tramoyista, ya irás vestido de negro. Lo único que tienes que hacer es ponerte el chaleco con las patas y estarás perfecto.

Para el papel de Carlota, Kelly llevaba un maillot negro, mallas negras y un chaleco con tres patas cosidas a cada lado.

—Pero la señorita Udell dijo que no podría hacer el papel.

—¿Sabes qué?, la señorita Udell se equivoca. Deberías ser Carlota. Y cuando se dé cuenta de que eres tú, será demasiado tarde. Ya estarás en el escenario y no podrá hacer nada.

George prácticamente podía oír la astuta sonrisa en el rostro de Kelly, que sin duda percibía la suya. Con la ayuda de Kelly, quizá podría ser Carlota.

—Pero ¿qué pasará cuando los demás niños se den cuenta?

—Olvídate de los demás niños. Jeff no estará, y a los demás no les importará.

—¿Y mi madre?

—Creía que actuar delante de tu madre era parte de la idea…

La voz chillona de Kelly atravesó el teléfono.

—Sí, pero…

A George se le encogió el estómago.

—Mira, ¿quieres que tu madre sepa que eres una niña?

—Sí.

—Entonces tienes que ser Carlota. —Kelly lo dijo como si se tratara de elegir helado de fresa en lugar de helado de chocolate—. Tengo que irme. Aún tengo que ensayar. Y ahora tú también. Un, dos, tres…

—¡CAÑA!

George colgó y dio vueltas por la casa, como Carlota tejiendo una increíble tela de araña. ¡Ella, George, sería Carlota en el escenario! ¡Delante de su madre y de todo el mundo!

Las mariposas de su estómago tenían mariposas en el estómago.

Scott salió de casa de Randy en el momento en que su madre tocaba el claxon, como si hubiera estado esperando con la mano en el pomo de la puerta. Acaparó la conversación con un chorreo sobre su profesor de historia, seguido por una diatriba contra su profesor de mates y un torrente contra su profesor de biología.

—¡El tío quiere que diseccionemos un gusano!

—Habría jurado que te parecería horripilantemente interesante —dijo su madre.

—No si tengo que dibujar todas las partes de su cuerpo a escala. Va a ser un auténtico coñazo. Si tengo que dibujar algo, ¿por qué al menos no puede ser una rana? Sería genial.

—Si crees que para ti es duro, imagínate cómo será para el gusano.

George se alegraba de que Scott distrajera la atención de su madre. No quería que le preguntaran por qué sonreía después de que le hubieran pegado en el colegio y la hubieran mandado a casa, pero estaba eufórica con la idea de hacer el papel de Carlota y era difícil que no se le notara.

Su madre viró hacia el Bufet Libre Arnie's y aparcó delante del edificio. Toldos rojos con anchos rebordes verdes sobresalían por encima de las amplias ventanas del bajo edificio. El enorme cartel desplegado en la fachada anunciaba MÁS DE CIEN PRODUCTOS RECIÉN COCINADOS CADA DÍA.

Dentro había felices comensales sentados a las mesas y en reservados, con los platos llenos de comida seleccionada entre una docena de especialidades diferentes agrupadas en función de las preferencias de cada quien. En el Arnie's nadie servía las mesas, y nadie esperaba que llegara su comida. Infinitas bandejas se alineaban a lo largo de un mostrador pegado a una pared del restaurante. Personas vestidas de blanco dejaban en el bufet bandejas llenas de comida y se llevaban a la cocina las vacías. Había mesas llenas de vasos de refrescos y limonada.

Su madre pagó en la puerta y dejó a sus hijos en el bufet mientras buscaba una mesa. George se llenó el plato de pollo frito, puré de patatas, buñuelos de maíz, pizza, un puñado de nachos y un envase de gelatina de fresa escondido debajo de un taco, para comérselo mientras su madre fuera a buscar su comida. Incluso en el Arnie's, su madre decía que había que cenar antes de comerse el postre. George se dirigió a la mesa, y su madre, al bufet. Scott se sentó poco después.

—¿Qué le pasa a mamá? —le preguntó su hermano desde detrás de su plato lleno de jamón cocido, pavo y pollo, todo coronado por dos porciones de pizza—. Solo nos trae al Arnie's entre semana si está enfadada por algo.

—Sí, bueno —George echó un vistazo hacia su madre, que aún estaba sirviéndose lechuga en la ensalada—, me he peleado en el colegio.

Scott levantó la cabeza, sorprendido, y frunció el entrecejo.

—Cuando yo me peleo en el colegio, me castiga. ¿Cómo has conseguido que nos traiga al Arnie's?

—Bueno, también le he dicho una cosa.

—Debe de haber sido fuerte. Mamá está mirando la remolacha como si fuera una zombie.

—Ha sido fuerte.

—¿Le has dicho que eres gay? —Scott hincó el tenedor en el puré de patatas—. Sabes que por mí no hay problema, ¿verdad? Antes de marcharse, papá me hizo prometer que te cuidaría. Dijo que eres gay.

—No soy gay —le contestó George.

¿Por qué todo el mundo pensaba que era gay?

—Lo que tú digas. No me importa. Mi amigo Matt es gay. No pasa nada.

Pero sí que pasaba algo.

—Le he dicho que creo que soy una niña.

—Oh. —Fue lo único que dijo Scott en un principio—. Oh.

Scott masticó, tragó y se metió en la boca otro trozo de pizza. El sonido de fondo del restaurante zumbaba en los oídos de George. Le habría gustado que Scott dijera algo, aunque fuera malo.

—Oooh —dijo Scott, y se llevó a la boca un trozo de pavo—. Ooooooooh.

Scott empezó a asentir despacio. Se giró hacia George, cuyo estómago había dado un brinco con cada «oh», y ya lo tenía casi en la garganta.

—Eso es más que ser gay. No me extraña que haya alucinado.

—Ya lo sé.

Scott soltó el tenedor.

—¿Y de verdad lo crees?

—¿El qué?

—Que eres una niña.

—Sí.

A George le sorprendió lo fácil que era contestar a esa pregunta.

—Oh.

Scott mordió un trozo de panecillo y lo masticó con expresión pensativa.

Su madre volvió con una ensalada verde con verduras crudas y vinagreta por encima. Se la terminó enseguida y dejó su plato en un contenedor para platos sucios. En el Arnie's, su madre siempre empezaba la cena con una ensalada. Decía que era sana, por no decir deliciosa, pero siempre se la comía deprisa y volvía con un plato tan refinado como el de George y el de Scott.

Scott había mordisqueado en silencio un ala de pollo mientras su madre se comía su ensalada, pero, en cuanto ella se levantó y se acercó al mostrador de los entrantes, dejó el hueso en el plato.

—Sé lo de tus revistas —dijo.

—¿Te lo ha dicho mamá?

—No, las vi el fin de semana. Sabía que mamá estaba enfadada por algo, y luego vi la bolsa en su cama. Tío, pensaba que tenías revistas porno o algo así, por eso eché un vistazo. En fin, solo para ver qué cosas le interesaban a mi hermano. Y di por sentado que eras gay. Pero no pensé que fueras «así». —Scott se metió en la boca un buñuelo de maíz—. Y, bueno, ¿quieres llegar hasta el final? —le preguntó moviendo dos dedos como si fueran unas tijeras.

George juntó las piernas.

—Quizá algún día —le contestó.

—Qué raro. Pero me parece lógico. No es por ofenderte, pero como tío no eres muy bueno.

—Lo sé.

Su madre volvió a la mesa, y la conversación quedó interrumpida. Los tres pusieron cara de circunstancias hasta que arrastraron sus repletos estómagos al coche, y se pasaron el camino quejándose, como el ratón Templeton tras su noche de atracón en la feria.

Al llegar a casa, los tres se apoltronaron delante de la tele y vieron una comedia sobre una familia con doce hijos. Las bromas giraban en torno al frigorífico vacío y el cuarto de baño lleno. George se preguntó cómo sería vivir con tanta gente. Quizá cada hijo pasaría más inadvertido. Con su madre observándola desde su asiento, George se planteó que tal vez no estuviera tan mal.

Scott también le lanzaba miradas, pero, mientras que los ojos de su madre parecían preocupados y confusos, Scott miraba a George como si por primera vez entendiera a su hermano. A George nunca le había alegrado tanto tener un hermano mayor.

10

Transformaciones

George no sabía cuándo volvería Jeff al colegio, y cada mañana lanzaba miradas nerviosas hacia la puerta en busca del primer indicio de su pelo de punta. Cuando por fin lo vio, Jeff se dirigía hacia ella con una mueca de desprecio en la cara. Avanzó con paso firme, con los ojos clavados en la lejanía, más allá de George. No redujo el paso ni un segundo, pero escupió a sus pies al pasar. Durante aquella semana, cada vez que pasaba por delante de ella, escupía. Un escupitajo de verdad que aterrizaba en el asfalto si estaban fuera, y un escupitajo fingido hacia el suelo de linóleo si estaban dentro del colegio.

La mañana de la función, los alumnos de la clase 205 charlaban y se reían. Dejaron las bolsas en los pupitres y no prestaron atención a la tarea escrita en la pizarra. Solo la amenaza de la señorita Udell de cancelar la obra consiguió silenciar la clase, e incluso después tuvo que luchar para que sus alumnos dedicaran la mañana a leer, escribir y hacer ejercicios de mates y de vocabulario. Kelly y George no dejaron de intercambiar miradas cómplices.

Después del descanso, la señorita Udell y el señor Jackson llevaron a sus clases al auditorio. Los alumnos desde parvulario hasta tercero se dirigieron ruidosamente en fila a los viejos asientos de madera para ver la función de la tarde. Los padres y familiares se sentaron en las primeras filas. Isaiah, el niño de la clase del señor Jackson que hacía el papel de Wilbur, brincaba de un lado a otro entusiasmado, metiéndose en el papel.

Los actores y los tramoyistas se reunieron detrás del escenario con la señorita Udell. El resto de la clase fue a sentarse entre el público con el señor Jackson. Detrás de la gruesa lona que tapaba el escenario estaba oscuro y olía a humedad, pero, en cuanto abrieran el telón, la luz procedente de las ventanas del auditorio iluminaría el escenario.

El público se sentó y la luz general parpadeó dos veces para pedir silencio. El telón chirrió al abrirse y Jocelyn salió a escena. La niña de la clase del señor Jackson, que hacía el papel de Fern, llevaba una sábana en las manos que representaba al cerdito, Wilbur. En aquella escena, Wilbur no decía nada, lo único que había que hacer con él era salvarlo del hacha del padre de Fern, e Isaiah era demasiado grande para que Jocelyn lo llevara en brazos. El primer narrador empezó a hablar y comenzó la función.

Cuando casi había llegado el momento de que Kelly dijera sus primeras palabras, subió a lo alto de la escalera sujetando con cuidado sus patas extra. Recitó el principio de su texto, y le salió muy bien. Incluso dijo «un cordial saludo». El público no apartaba los ojos de sus movimientos. Kelly vio a su padre y le guiñó un ojo. Luego bajó de la escalera y esperó a la siguiente escena.

—¡Has estado genial! —susurró George cuando Kelly llegó al suelo.

—¡Tú estarás aún mejor! —le contestó Kelly, también entre susurros.

George no dijo nada, pero se imaginó a sí misma en el escenario, en lo alto de la escalera, recitando al público las palabras de Carlota.

Aunque la obra era corta, antes de que terminara casi todos los alumnos más pequeños empezaron a moverse en sus asientos. Al final, los actores hicieron una reverencia, y la señorita Udell agradeció al público su presencia.

En cuanto los alumnos más pequeños hubieron salido en fila, la señorita Udell se dirigió a los alumnos de cuarto y a los familiares del público.

—Ruego a los alumnos que actuarán más tarde que estén aquí a las cinco y media. La obra empezará a las seis en punto. Espero que los familiares os quedéis a la reunión de la asociación de padres y profesores que se celebrará inmediatamente después.

Algunos padres tosieron a modo de respuesta. George sabía que toser era el equivalente adulto de quejarse.

Los familiares felicitaron a los actores delante del escenario. El padre de Kelly incluso le había llevado un ramo de flores a su hija. Él y otros padres se marcharon con sus hijos. La señorita Udell acompañó a los demás a la clase 205 para que dedicaran los últimos veinte minutos del día a escribir en su cuaderno sobre «La emoción de la experiencia teatral», que fue lo que la señorita Udell puso con grandes letras en la pizarra.

George anotó una única frase en su cuaderno: «Ha sido emocionante echar una mano en la obra». Pero lo que de verdad habría querido escribir era: «¡¡¡Voy a ser Carlota!!!».

Su madre llegó a casa justo a la hora en que tenían que ir al colegio a ver la obra. Ni siquiera se molestó en quitarse los zapatos.

—¿Listo? —le preguntó.

Scott iba a pasar la tarde en casa de Randy, supuestamente para hacer un trabajo del colegio. George sospechaba que lo que seguramente estaban haciendo era ver películas gore, pero en cualquier caso se alegraba de que Scott no fuera a ver la obra. Hasta aquel momento, su hermano había tenido muchísimo tacto, pero, si le decía a su madre algo que no debía, perfectamente podría sacarla de sus casillas. George se levantó del sofá en el que había estado tirada la última hora, sin prestar apenas atención a los perros que hablaban y a los niños superhéroes que aparecían en la pantalla de la tele: tenía mejores cosas en las que pensar. Se puso sus zapatos de vestir, el único par de zapatos negros que tenía. Mientras tendía a Kelly los carteles con las telas de araña, no había importado demasiado que llevara sus zapatillas de deporte blancas, pero para ser Carlota quería hacerlo bien.

Mientras su madre se alejaba de la casa, George estaba tan nerviosa que tenía la sensación de que le daba vueltas el estómago. Por el camino contó postes de teléfono para relajarse.

—¿Cómo ha ido la función anterior? —le preguntó su madre.

—Muy bien.

George estaba acostumbrada a contar mientras su madre hablaba. Extendía un dedo cada diez postes para no perder la cuenta.

—Pues con eso me quedo.

—Perdona, mamá. Estaba pensando.

Como en coche no tardaban mucho en llegar al colegio, si George se saltaba un poste, quizá perdería la oportunidad de llegar a los cien. Supuso que en realidad no necesitaba un hada de luz imaginaria para que se cumplieran los planes que había hecho con Kelly, pero por si acaso.

—Me encantará verte esta tarde haciendo una reverencia, aunque seas tramoyista. Y Kelly estará fantástica como Carlota, estoy segura.

George no la corrigió. Su madre no tardaría mucho en descubrir el plan, y para entonces sería demasiado tarde para impedirlo. George completó los cien postes de teléfono varias manzanas antes de llegar.

Como el diminuto parking del colegio estaba lleno, su madre aparcó en la calle, a una manzana de distancia.

—Parece que habrá mucha gente —dijo su madre.

—Supongo que sí.

George se encogió de hombros e intentó no pensar en el miedo que recorría su cuerpo.

En la puerta del auditorio, su madre le dio un beso en la mejilla y fue a buscar asiento. George oía a los alumnos reunidos detrás del escenario. Como el telón rojo era pesado, le costó abrirse camino. La iluminación de la parte de atrás del escenario era muy tenue, y George parpadeó para adaptarse a ella. La mayoría de los actores y del equipo técnico habían llegado ya.

—¡Por fin! —exclamó Kelly corriendo hacia George.

George sonrió. Las dos iban vestidas de negro. La única diferencia era el chaleco con las patas de araña que llevaba Kelly. Intercambiaron sonrisas y risas cómplices hasta que casi llegó la hora de que empezara la función. George tembló de emoción.

—Señoras y caballeros, preparados —dijo el señor Jackson reuniendo a los actores y al equipo técnico—. Hagamos que el señor E. B. White se sienta orgulloso una vez más. Suerte con la función y portaos bien.

—¡Mucha mierda! —dijo la señorita Udell guiñando un ojo.

—¡Todos a sus puestos, que empieza la función! —exclamó el señor Jackson levantando el índice.

La señorita Udell bajó los escalones situados a un lado del escenario y se sentó en la primera fila del público. El señor Jackson se quedó detrás para supervisar la función.

La obra empezó exactamente igual que la anterior. Se abrió el telón y se vio a Fern Arable con una sábana en las manos, arrullando a un supuesto cerdito, y el público aplaudió. El primer narrador describió la granja de los Arable y explicó que el bebé cerdito acababa de librarse de ser ejecutado.

Detrás del escenario, Kelly se quitó el chaleco con las patas de araña y se lo tendió a George, que echó un vistazo a su alrededor para asegurarse de que el señor Jackson no estaba mirando. Luego se puso el chaleco. Como las patas falsas estaban rellenas de algodón, no pesaban mucho, pero eran inmensas. George tuvo que sujetarlas con los brazos, como había visto hacer a Kelly, para evitar tropezar con ellas. Se peinó hacia delante con los dedos, como había hecho infinitas veces delante del espejo, y esperó. Las primeras escenas de la obra nunca le habían parecido tan lentas.

George, apoyada en los talones, se mecía nerviosa mientras los animales del corral saludaban a Wilbur. Faltaba un momento para que Carlota dijera sus primeras palabras. George subió la escalera y apareció por encima del telón de fondo, con todo el público ante sus ojos.

—«¡Un cordial saludo!» —gritó George.

Habló en voz alta y clara, aunque con un deje dulce que mostraba la bondad de Carlota. Miró hacia abajo y vio a Kelly sujetando con fuerza la escalera con una mano y haciéndole fotos con la otra.

George oyó un grito ahogado en el escenario, y luego otro, pero siguió hablando. Explicó a los animales lo que quería decir «cordial». Sonrió y saludó con la mano a Wilbur y al público, como si estuviera saludando al mundo. El público le devolvió la sonrisa. Un niño pequeño incluso la saludó con la mano también.

La señorita Udell, que estaba sentada en el centro de la primera fila, frunció el entrecejo, como había hecho en el pasillo después de que George hiciera el casting. George miró al fondo. Buscó a su madre para ver su reacción, pero no pudo encontrarla en el abarrotado auditorio.

El público la observaba, esperaba la siguiente frase de Carlota, y George no le defraudó. Cada palabra sonó como la había ensayado. No se equivocó ni una sola vez. Se sintió como si estuviera flotando.

Al final de la escena, George bajó de la escalera. Su cuerpo le parecía ligero como el aire y no estaba muy segura de tocar el suelo con los pies. Kelly la estrujó por detrás, y junto con la cintura de George agarró las patas de algodón.

—¡Uau, George, ha sido genial! —le susurró—. De verdad.

—Gracias —le contestó George con una sonrisa bobalicona.

—Parecías una niña total. —Kelly cogió a George del brazo, de uno de los brazos de verdad—. Quiero decir que eres una niña total.

Kelly abrazó fuerte a su mejor amiga.

Jocelyn se acercó a ellas apretando los puños.

—¡No puedes hacerlo! —murmuró en voz alta.

—¿Por qué no? —le preguntó Isaiah.

—Sí. —Chris se acercó al grupo detrás del escenario—. ¿Por qué no? Lo ha hecho bien. Incluso mejor que Kelly. No te ofendas, Kelly.

Kelly se encogió de hombros.

—Yo no lo hice tan bien.

—Pero afecta a los demás actores —dijo Emma.

Casi todos los narradores se unieron al corro que rodeaba a George, y también algunos animales de la granja, que se suponía que debían estar cacareando y mugiendo en el escenario. Rick se quedó junto a la cuerda del telón sin decir nada.

—Silencio —dijo el señor Jackson acercándose al grupo y apartándolo de George y de Kelly.

El telón lateral se movió y la señorita Udell apareció detrás del escenario con el entrecejo fruncido. Se dirigió hacia George, pero la directora Maldonado entró inmediatamente detrás de ella, le apoyó una mano en el hombro y le susurró algo al oído.

La señorita Udell miró a George, a Kelly y por último a la directora Maldonado. Alzó un dedo y abrió la boca, pero se detuvo. Echó un vistazo a la función, que seguía avanzando, y al público. Sonrió ligeramente a Kelly, todavía más ligeramente a George, y se marchó.

La directora Maldonado hizo un sutil gesto a George con los párpados, casi sin mover la barbilla, y también ella se marchó. Estaba a punto de empezar la siguiente escena de Carlota. George subió con cuidado la escalera y esperó en silencio a que dijeran la frase anterior a la suya.

La obra avanzaba deprisa, aunque a George le parecía que estaba en el escenario desde el principio de los tiempos, como si hubiera nacido allí y acabara de descubrir dónde había estado siempre. Wilbur hacía sus payasadas, Templeton corría de un lado a otro en busca de palabras kilométricas, y los gansos cacareaban y molestaban en general. Era como un corral de verdad en el escenario.

Y, en el centro, Carlota brindaba su amistad y su sabiduría. George disfrutó de cada momento, compartió su voz con el público, y lo observaba observándola a ella, esperando sus siguientes palabras.

No faltaba mucho para que George tuviera que decir las últimas palabras de Carlota. Carlota estaba muriéndose. Así eran las cosas, y lo único que podía hacer era aceptar su destino. Consciente de que casi había concluido su momento en el escenario, la voz de George se tiñó de honda tristeza.

—Adiós, Wilbur —dijo.

Sus últimas palabras flotaron sobre el público hasta perderse. Antes de girarse para bajar la escalera, miró hacia arriba. Entre el público solo se veían caras tristes, y los niños más pequeños se secaban los ojos con la manga. Pero siguió sin ver a su madre.

En cuanto George llegó al suelo, se echó también a llorar. Se desplomó contra la pared de detrás del escenario, se abrazó las rodillas y lloró de tristeza y de alegría. Carlota había muerto, pero George estaba más viva de lo que nunca hubiera imaginado. Vio el final de la función desde un lado del escenario, sumida en un halo embriagador. El público empezó a aplaudir enseguida.

Alguien cogió a George de la mano y la arrastró a la fila de actores, que hicieron una reverencia todos a la vez.

Luego los personajes humanos se adelantaron y volvieron a hacer una reverencia. El aplauso se hizo más fuerte cuando Chris, que había representado a Templeton, dio un paso adelante. Isaiah se puso a cuatro patas y volvió a gruñir como un cerdo, lo que consiguió que el público se riera y aplaudiera aún más.

George sintió que alguien la empujaba suavemente y dejó que sus pies la guiaran hasta la parte de delante del escenario. En el auditorio resonaron aplausos más fuertes que nunca. Parpadeó un par de veces y vio a la señorita Udell indicándole por señas que hiciera una reverencia.

George miró a la multitud e hizo lo único que para ella tenía sentido: se inclinó como una chica. No llevaba falda que sujetarse graciosamente, pero no la necesitaba. Fue elegante y alargó el momento tanto como pudo, incluso hasta después de que se hubiera cerrado el telón.

La clase aplaudió, se rió y gritó. Varios niños dieron un golpecito en la espalda a George diciéndole «Buen trabajo» y «Has estado genial».

—¡Felicidades a todos! —gritó el señor Jackson al tiempo que salía de detrás del escenario—. ¡Habéis estado fantásticos! ¡Incluida nuestra estrella sorpresa! —El señor Jackson sonrió a George—. Ahora hay un montón de familias entusiasmadas, impacientes por felicitaros. Os sugiero que salgáis.

George se abrió camino por la abertura del telón y observó al público. Los niños se dispersaban para buscar a sus padres y saludar a sus amigos. Chris recreaba algunos de sus momentos preferidos. Kelly iba de un lado a otro haciendo fotos. El padre de Kelly vio a George y le levantó el pulgar. Al fondo, Rick salía disimuladamente del auditorio. Había ido solo. George se preguntó si le diría algo a Jeff.

George oía su nombre en boca de alumnos que hablaban con sus padres, y también la palabra «niño». Los adultos giraban la cabeza hacia ella. La mayoría la miraba con cara de sorpresa. Algunos sonreían y la saludaban. Otros ponían cara de asco. George se alejó del escenario y de los ojos que la observaban.

Su madre se dirigía a ella desde el pasillo central. Su rostro severo destacaba entre la multitud. George sintió que se quedaba paralizada.

—Vaya, no me lo esperaba —le dijo su madre—. Al principio ni siquiera me he dado cuenta de que eras tú.

Creía que era Kelly, pero luego he entendido que estaba viendo a mi hijo en el escenario, y casi todo el público ha pensado que era una niña.

A George le temblaron los labios, pero su voz fue clara.

—Yo también.

—¿Tú también qué?

Parte de la confianza en sí misma de Carlota seguía corriéndole por las venas.

—Ya te lo dije. Soy una niña.

El rostro de su madre se quedó petrificado y arrugó la boca.

—Mejor dejamos el tema para otro momento.

George vio a la directora Maldonado dirigiéndose a ellas con una ligera sonrisa en la cara.

—¡Felicidades! ¡Has estado fantástico! —le dijo a George. Y luego, girándose hacia su madre—: Su hijo ha estado estupendo esta noche. Quizá algún día tenga en casa a un actor famoso.

—Gracias —le contestó su madre con una sonrisa amable—. Sin duda es especial.

—Bueno, no se puede controlar lo que es un hijo, pero seguro que se le puede apoyar, ¿verdad?

Los pendientes de la directora Maldonado brillaban a la luz del auditorio.

—Discúlpenos —dijo su madre buscando incómoda en su bolso un objeto imaginario—, pero tenemos que irnos a casa a cenar.

—Bien, pues asegúrese de que la estrella recibe doble ración de postre.

La directora Maldonado pasó el brazo por los hombros de George. Olía a vainilla.

—Por supuesto —le contestó su madre.

—Ha sido bonito, George. Muy bonito. —La señorita Maldonado acercó los labios al oído de George y susurró—: Mi puerta siempre está abierta.

Y luego desapareció.

Su madre la cogió de la mano y avanzó bruscamente entre la lenta multitud. En cuanto llegaron al pasillo, los murmullos del auditorio se silenciaron y sus pasos retumbaron. Fuera había oscurecido lo suficiente como para que las farolas se hubieran encendido, pero en el cielo todavía quedaba algo de luz. Su madre agitaba las llaves en la mano. Ni ella ni George decían ni una palabra.

En casa, cenaron espaguetis viendo un concurso de baile en la tele. Scott seguía en casa de Randy. George se daba cuenta de que su madre la miraba todo el rato, pero, en cuanto ella se giraba, su madre clavaba los ojos en la pantalla de la tele, aunque hubiera anuncios, que odiaba.

Aquella noche ni George ni su madre mencionaron la obra, pero, cuando George subió a su habitación, dio vueltas y más vueltas como una araña bailando en su red.

11

Invitaciones

A la mañana siguiente, Kelly estaba en un corro de niñas en el patio del colegio, contando una historia muy animada, pero se detuvo al ver a George. Las niñas la señalaron y la invitaron a unirse a ellas.

—¡Aquí está nuestro héroe! —dijo Kelly sonriendo y extendiendo los brazos como si fuera una modelo presentando un coche nuevo en un concurso.

—¿Cómo es que te sabías todo el texto? —le preguntó Maddy.

—¿Cómo te sentiste representando a una niña en la obra? —le preguntó Ellie.

—Al principio, ni siquiera me di cuenta de que eras un niño —dijo Aliyah, una niña de la clase del señor

Jackson que había hecho un papel de animal de la granja.

—Me han dicho que estuviste muy bien —dijo Denise, que no había ido a ver la función.

—Sigo pensando que no deberías haberlo hecho —dijo Emma, que había sido narradora—. Podrías haber armado un lío.

—Además —dijo Jocelyn—, eres un niño. ¿Por qué querías hacer un papel de niña?

—No me imagino haciendo de niño en una obra, aunque todo el mundo supiera que en realidad soy una niña. No podría —dijo Maddy.

—Sí, sería muy incómodo —dijo Denise.

Los comentarios se concatenaban demasiado deprisa para que George pudiera contestar, lo cual era un alivio, porque no sabía qué decir. Se limitó a encogerse de hombros y a sonreír. En aquel momento deseaba ser Carlota. Así podría contestar a todo aquel zumbido con sabios consejos en lugar de ahogarse en las preguntas.

George oyó una desagradable risa a su espalda. Una risita familiar que se convirtió en una carcajada: la risa de Jeff. Antes de que pudiera prepararse, Jeff estaba delante de ella, con Rick a su lado. Jeff empujó a George por los hombros con las palmas de las manos. No la empujó fuerte, pero, como la pilló desprevenida, tropezó hacia atrás. El corro de niñas se dispersó y dejó a Jeff y a Rick delante de George y de Kelly.

Jeff volvió a reírse.

—Me han dicho que actuaste en la obra de nuestra clase, Carlota.

—¡Sí, y estuvo genial! —dijo Kelly.

—Oh, cállate. Estoy hablando con George. Es mucho más niña que tú.

—¡Déjala en paz! —gritó George.

—¿Y si no qué? —le preguntó Jeff.

—Solo te digo que la dejes en paz.

George miró al suelo.

—Venga, Jeff. Vámonos —dijo Rick tirándole del codo—. Me prometiste que, si te contaba lo que había pasado, no te meterías con él.

—Como quieras —contestó Jeff, y le dio un golpecito a George en la frente con un dedo—. Este friki echa la pota. Me gusta esta camiseta, y mi madre todavía no ha podido quitar la peste de la otra.

Jeff se partió de risa y se alejó con Rick.

—No les hagas caso —dijo Kelly—. Tengo una sorpresa para ti: mi tío Bill va a llevarnos al zoo el domingo.

George arrugó la nariz. El zoo olía a cagadas de animales. Además, Kelly y ella habían decidido el año anterior que el zoo interactivo de Smithfield era para niños pequeños. Tenía sobre todo patos, y su animal más exótico era un poni viejo y malhumorado que hacía poco había cumplido cuarenta años.

—Al muermo del Smithfield no, idiota —soltó Kelly poniendo los ojos en blanco—. Va a llevarnos al zoo del Bronx. Tienen más de seiscientas especies. Tigres, gorilas y jirafas, no cabras y ovejas. ¡Hasta tienen osos panda! Estás libre el domingo, ¿verdad?

—Supongo —le contestó George.

—Porque estaba pensando —dijo Kelly bajando la voz— que el zoo del Bronx está superlejos, así que allí no veremos a nadie conocido. No conoces a mi tío, ¿verdad?

George negó con la cabeza.

Kelly sonrió.

—¿No lo pillas? Podemos ir como dos amigas. Nos podemos vestir y todo eso.

George se quedó boquiabierta. Ya sabía que Kelly era su mejor amiga, pero nunca habían sido dos amigas. George nunca había sido una niña con nadie, descontando el rato en que había hecho de Carlota.

—¿Me has oído?

—¿Con falda?

Se le erizó el pelo de la nuca solo con pronunciar la palabra «falda».

—Claro. Cuando las niñas se arreglan, se ponen falda. Tengo que enseñarte muchas cosas sobre las niñas, Geor… Oh. —Kelly se detuvo—. Mi tío se dará cuenta de que pasa algo en cuanto te llame George, ¿verdad?

George pensó en su nombre secreto. Nunca lo había dicho en voz alta, ni siquiera a sus amigas de las revistas.

—Podrías llamarme Melissa —dijo.

—Melissa —repitió Kelly con los ojos como platos—. Me gusta. Es un nombre de niña genial. —Lo repitió muy despacio—. Me-li-ssa. ¡Es perfecto!

George apoyó la barbilla en un hombro y sintió que le ardían las mejillas.

—¿Estás bien? —le preguntó Kelly.

—Sí —le contestó George—. Es solo que me encanta oírlo.

—Puedo decirlo otra vez. Melissa. ¡Melissa, Melissa, Melissa!

Kelly empezó a dar vueltas alrededor de George y a levantar los brazos con cada «Melissa».

George le tapó la boca con la mano.

—¿Estás loca? ¡Jeff está por aquí!

George giró la cabeza hacia un lado.

—¿Y qué? Tengo una amiga que se llama Melissa. No sabe de quién estoy hablando. Y además no es asunto suyo.

Kelly bailó alrededor de George cantando el nombre de «Melissa» hasta que George se rió y se puso roja como un tomate. Nunca había oído su nombre de niña en voz alta, y Kelly lo había convertido en canción.

Sonó el timbre de la mañana y todos los alumnos del colegio se colocaron en sus filas. Mientras George subía las escaleras hacia la clase 205, la cancioncita de Kelly seguía resonando en su mente.

«Melissa, Melissa, Melissa…»

Cuando George llegó a casa, su madre estaba sentada en el sofá, con el ordenador portátil delante y una lata de naranjada en la mesita. En la tele, con el volumen bajado, daban una telenovela.

—Ven aquí, Gi.

Su madre dio un golpecito en el sofá, junto a ella, cerró el ordenador y apagó la tele. Respiró hondo varias veces antes de hablar.

—Ayer estuviste muy bien en la obra. Sé que al principio me sorprendí, pero estoy muy orgullosa de que seas tú mismo. ¿Qué han dicho los niños en el colegio?

George se encogió de hombros.

—No gran cosa. Jeff se ha puesto en plan gilipollas.

—Nada nuevo. Eres duro de pelar. Pero el mundo no siempre es bueno para las personas que son diferentes. Solo quiero que no te hagas el camino más duro de lo que debe ser.

—Intentar ser un niño es muy duro.

Su madre pestañeó varias veces y, cuando volvió a abrir los ojos, una lágrima le resbaló por la mejilla.

—Lo siento, Gi. Lo siento mucho. —Tiró de George y la abrazó con fuerza—. Te sientes como una niña, ¿verdad?

—Sí. ¿Recuerdas aquella vez, cuando era pequeña, que me pillaste con una falda tuya puesta como si fuera un vestido?

—Sí.

—¿Y recuerdas que quería ser bailarina, y Scott se volvía loco y me decía que no podía porque era un niño?

—Recuerdo la pataleta que pillaste cuando no te compré un tutú.

—¿Estás enfadada conmigo?

—No, cariño, no. —Su madre le acarició el pelo y suspiró profundamente—. Pero creo que necesitas hablar con alguien. Y seguramente yo también. Alguien que sepa de estas cosas.

George sabía que ir a un psicólogo era el primer paso que daban las niñas en secreto, como ella, cuando querían que todo el mundo viera quiénes eran.

—¿Y luego podré dejarme el pelo largo y ser una niña?

—Poco a poco. —Su madre se secó otra lágrima que le había resbalado por la mejilla y carraspeó—. Y ahora, ¿qué pasa con los deberes?

George sacó sus deberes de vocabulario y empezó a

hacerlos en la mesa. Su madre fue a la cocina y empezó a preparar la cena. Echó en un cuenco un paquete de harina de maíz, huevos y leche. George observó que lo mezclaba con bastante eficacia, manteniendo el brazo con el que batía pegado al cuerpo. No canturreaba ni bailaba, como solía hacer cuando cocinaba.

La casa estuvo en silencio hasta que llegó Scott, y el ruido de su bici resonó en el pavimento. Entró corriendo y subió al cuarto de baño.

—Aaaaaah —dijo cuando bajó a paso tranquilo la escalera—. No me extraña que lo llamen «aliviarse». ¡No veas qué alivio!

—Scott, ve a meter la bici en el cobertizo. Y Gi, tú pon la mesa. Ya es casi la hora de cenar.

Su madre repartió alas de pollo a la plancha con salsa barbacoa, pan de maíz y brócoli al vapor en tres platos, que llevó a la mesa. George llenó tres vasos de té frío y llevó tenedores, cuchillos y servilletas.

Mientras comían, Scott se quejó de la injusticia de su último examen de sociales y contó la historia de Mike, el pollo sin cabeza, un pollo real que en la década de 1940 vivió sin cabeza durante un año y medio. Cuando Scott cogió las alas de pollo de su plato para imitar a Mike,

George se rió tan fuerte que estuvo a punto de atragan-tarse. Hasta su madre se rió.

Y por la noche, cuando George entró en su habita-ción, encontró la bolsa vaquera encima de la cama, con todas sus revistas dentro.

12

Melissa va al zoo

George se despertó antes del amanecer y no pudo volver a dormirse. Nunca se había puesto tan nerviosa por ir al zoo, ni siquiera de pequeña. Cuando el cielo oscuro y encapotado mostró sus primeros matices púrpura, George se escabulló de la cama y se acomodó en el sofá con una taza de cereales y el mando a distancia, pero nada de lo que daban en la tele captó su interés. Era demasiado temprano para que dieran algo bueno. Intentó jugar a *Mario Kart*, aunque se desconcentraba todo el rato y acababa cayendo en profundos hoyos de lava.

El cielo empezaba a iluminarse, pero aún faltaban casi dos horas para el momento en que supuestamente debía salir hacia la casa de Kelly. Salió al patio, donde sus zapatillas de deporte chirriaron sobre el césped empapado de rocío.

En el último rincón del patio había un viejo roble, y, colgado de una de sus ramas inferiores, un columpio pasado de moda. El padre de George lo había colgado después de separarse de su madre, aunque antes de marcharse de la ciudad. Una tabla de madera colgando de dos trozos de cuerda gruesa, y debajo un trozo de tierra en el que años de pisadas habían eliminado el césped. El asiento había sido alguna vez de color rojo fuerte, pero la pintura que quedaba entonces era apagada, estaba desconchada y dejaba al descubierto la madera gris de debajo. Tiempo atrás, Scott y George se peleaban por columpiarse. A veces incluso se columpiaban juntos. Aunque hacía mucho que Scott no utilizaba el columpio, e incluso George llevaba un año sin sentarse en él.

George limpió el asiento con el codo de su chaqueta y se sentó. Dio unos pasitos hacia atrás hasta colocarse de puntillas. Sintió la presión del asiento en su cuerpo. Luego levantó los pies, se inclinó hacia atrás y se deslizó por el aire de la mañana. Se dejó arrastrar un momento por el impulso y luego empezó a mover las piernas y a subir cada vez más alto. No tardó en ver el patio de los vecinos cada vez que subía al cielo.

Por el este, el amanecer seguía tiñendo la luz de naranja. El sol ya había asomado por el cielo, y George sentía el calor de sus rayos en la cara cada vez que salía de la sombra del viejo roble. Se columpió mucho rato, disfrutando del ritmo y de la brisa.

Se preguntó qué tipo de falda se pondría, y si Kelly y ella irían a juego. Y se preguntó cómo sería Bill, el tío de Kelly. Si era tan despistado como Scott, no se daría cuenta de que George no era una niña como las demás. George no estaba segura de si sería amable en caso de darse cuenta. Kelly le había dicho que era amable, pero su amiga se había equivocado en otras ocasiones. Podría reírse de George. Incluso podría dejarla en el zoo. Aun así, de ninguna manera iba a dejar pasar la oportunidad de ser una niña con Kelly.

Cuando George entró en casa, su madre estaba en la cocina con una espátula, dando vueltas a algo en una sartén. Llevaba un delantal en el que ponía CUIDADO CON EL CHEF en grandes letras. A George le llegó un olor dulce y le rugió el estómago.

—¿Quieres tortitas? —le preguntó su madre.

—Sí, por favor. Con canela.

George se planteó contarle el plan a su madre, pero recordó sus palabras: «Poco a poco». Le contaría su aventura cuando su madre estuviera preparada. Hablaron de los animales que George vería, como si fuera una visita cualquiera al zoo.

Después del desayuno, George sacó su bici y se puso el casco. Dejó atrás la biblioteca y pedaleó colina arriba hasta la tienda a la que a veces la mandaba su madre a comprar leche o una barra de pan. Pasó por delante de la gran casa morada con el patio lleno de cactus y del edificio donde vivía su antigua canguro. Bordeó dos veces el cementerio: subió despacio la empinada cuesta, rodeó la parte de atrás y bajó zumbando por el camino del otro lado, lleno de baches.

Cuando ya no pudo esperar más, se dirigió a casa de Kelly. Pedaleó lo más despacio que pudo sin perder el equilibrio y se metió por calles laterales, pero aun así llegó quince minutos antes de la hora. Esperó fuera hasta que pensó que le iba a estallar la cabeza.

Cuando llamó por fin, la puerta se abrió al instante. Kelly arrastró enseguida a George hasta el salón.

Llevaba un pijama verde y el pelo rizado recogido con una goma.

—¡Por fin has llegado! ¡Vamos a vestirnos!

—¿Y si tu padre se despierta y nos ve? —susurró George lanzando una mirada al padre de Kelly, que dormía en el sofá cama.

—¿Estás de broma? Ayer noche actuó en el Masons' Lodge. No se levantará hasta las doce. —Kelly señaló con el pulgar a su padre, que roncaba—. Si ve algo, creerá que lo ha soñado.

Kelly llevó a George a su habitación y cerró la puerta tras de sí. El armario y casi todos los cajones estaban abiertos, dejando a la vista una gran variedad de ropa de niña, y Kelly había dejado en la mesa varios productos de maquillaje. Junto al maquillaje se alineaban diversas botellas de colonia, cuyo perfume impregnaba el aire.

—Bienvenida al Salón de Kelly. ¿Qué desea?

A George se le disparó el corazón. Era como si las páginas de todas sus revistas hubieran cobrado vida en la habitación de Kelly.

—Es… maravilloso.

—¿Qué quieres probarte primero?

—¿Qué puedo probarme?

—¡Lo que quieras!

George echó un vistazo a las faldas colgadas en el armario de Kelly. No tenía ni idea de cuál elegir.

—¿Cuál crees que me sentará bien?

—Tengo una perfecta.

Kelly parecía una dependienta de una tienda de ropa cara. Corrió hacia el armario y sacó una falda acampanada de color morado. Luego rebuscó en un cajón hasta encontrar una blusa sin mangas de color rosa fuerte. Le entregó la ropa a George. La blusa era suave, más suave que las camisetas de niño que siempre llevaba. Y nunca había tenido una falda así en las manos. Las dos prendas juntas parecían mágicas.

—No sabía que tenías faldas —dijo George.

—No me las pongo para ir al colegio. Los niños son unos guarros y te las levantan.

—Yo nunca te la levantaría.

—Claro que no. Tú no eres un niño.

—Ah, vale.

George se rió. A veces su cuerpo la engañaba incluso a ella. Kelly se rió también, y nadie que pasara por la ventana de aquel sótano habría sospechado que lo que había en la habitación de abajo no eran dos niñas charlando de ropa, de niños y de todo aquello de lo que hablan las niñas.

—Bueno —dijo Kelly—, ¿no vas a probártelo?

George asintió despacio.

—¿Puedes darte la vuelta?

—¡Claro!

Kelly volvió al armario y empezó a emparejar blusas y faldas en busca de la combinación perfecta.

George miró la blusa que Kelly le había dado. Parecía una camiseta de ropa interior, pero con los tirantes más finos. Se quitó su camiseta y se deslizó la blusa de Kelly por la cabeza. Sintió el aire frío en los hombros desnudos. Luego se quitó el pantalón de chándal y metió los pies por la falda. Se la subió hasta la cintura y se la colocó bien.

Se miró en el espejo y suspiró. Melissa le devolvió el suspiro. Se quedó un buen rato allí, parpadeando. George sonreía y Melissa sonreía también.

Cuando empezaron a picarle los ojos, giró en redondo y la falda alzó el vuelo. Se detuvo con las piernas cruzadas y se sintió como una modelo.

Kelly se giró y pegó un grito.

—Oh, te queda monísimo…, Melissa.

A Melissa le palpitó el corazón muy deprisa al oír su nombre.

—¿Puedo hacerte una foto?

Kelly disparó antes de que Melissa hubiera tenido tiempo de contestar.

—Ahora pruébate esto.

Le tendió a Melissa una falda amarilla con flecos brillantes y una camiseta negra con un corazón amarillo en el centro.

Melissa tocó los flecos de la falda. No quería quitarse la ropa que llevaba puesta, pero aquellos flecos eran preciosos y le rozarían las rodillas al moverse.

Kelly se giró hacia el armario y Melissa se cambió la parte de arriba. Se quitó la falda morada, se puso la amarilla y se la subió hasta la cintura. Volvió a suspirar ante el espejo y le sorprendió verse al otro lado. Podría haberse quedado un buen rato mirándose, pero Kelly quería saber qué le parecía lo que se había puesto ella.

—¿No estoy elegante? Nueva York es muy elegante, ya sabes.

Kelly llevaba una falda larga negra, una blusa negra y guantes negros de seda.

Melissa frunció el entrecejo.

—Parece que vas a un funeral zoológico.

Kelly se rió.

—Sí, tienes razón —dijo quitándose los guantes.

Melissa se probó media docena de conjuntos en un abrir y cerrar de ojos. Antes de que se hubiera quitado uno, Kelly ya tenía otro preparado. Hizo varias fotos a Melissa con cada modelo. Melissa no sabía si reírse o llorar mientras posaba con la ropa de niña, y Kelly no dejaba de lanzar exclamaciones. Melissa cogía la ropa con mucho cuidado, como si fuera a romperse, y la palpaba suavemente con el pulgar y el índice.

Pero, aunque se probó diferentes conjuntos, no pudo apartar de su mente el primero.

—Has dicho que era perfecto —dijo a Kelly—. ¡Y tenías razón!

Kelly se rindió y Melissa, encantada, volvió a ponerse la blusa rosa y la falda morada. Dio vueltas en medio de la habitación, mareada de libertad. Kelly se puso una camiseta rosa con la palabra ANGEL de color amarillo brillante, que combinó con la falda amarilla de flecos.

Kelly sentó a Melissa en una silla, delante del espejo, y empezó a peinarla. Al principio la peinó hacia un lado, luego hacia el otro, pero al final decidió peinarla hacia delante, de forma que las puntas quedaran justo encima de las cejas de Melissa.

—¿Y si tu tío descubre que no soy una niña de verdad? —preguntó Melissa.

—Mírate. ¿Por qué iba a pensar que eres otra cosa?

Kelly tenía razón. Melissa era delgada y demasiado joven para tener curvas. Llevaba ropa de niña y un peinado de niña, aunque tuviera el pelo corto. Realmente parecía una niña.

Kelly señaló su mesa.

—Tengo todas estas pinturas que me regaló mi tía por mi cumpleaños, pero la verdad es que no sé pintarme.

—Nunca he tenido pinturas —dijo Melissa—, pero lo he leído todo sobre pintarse.

Kelly le tendió un pequeño bote de brillo de labios. Melissa se untó el dedo con la sustancia resbaladiza y se lo pasó por los labios. Se miró al espejo y vio sus labios brillantes.

Melissa y Kelly probaron todos los brillos y los coloretes. Melissa enseñó a Kelly a aplicarse colorete en los pómulos, a esparcirlo hacia abajo y a elegir colores que armonizaran con su piel morena. Amontonaron una enorme pila de pañuelos de papel, con los que se habían limpiado un color para ponerse otro. Sonreían al espejo y la una a la otra. Kelly no dejaba de hacer fotos.

—¡Oh, no! —gritó de pronto Melissa.

Su alegría se convirtió en terror al mirar hacia abajo y ver sus pies. Señaló sus raídas zapatillas de deporte.

—¿Crees que no lo había previsto? —le preguntó Kelly sacando un cubo de zapatos de debajo de la cama.

—Tienes muchos zapatos. ¿Quién iba a pensar que eras tan femenina?

—¿Quién iba a pensar que lo eras tú?

Kelly se rió. Rebuscó en el montón de zapatos y le tendió a Melissa un par de sandalias blancas. A Melissa le quedaban algo pequeñas, pero, como eran sandalias, no importaba demasiado. Kelly buscó unas zapatillas amarillas de tela que pegaban con su falda.

Estaban listas, pero el tío Bill todavía no había llegado, así que Kelly daba volteretas en la alfombra. La mitad de las veces, la falda se le bajaba hasta la barriga y se le veían las bragas, de color rosa. Se daba la vuelta corriendo y se alisaba la falda, pero eso no le impedía volver a intentarlo. Melissa contemplaba su imagen desde todos los ángulos posibles. Se colocó de espaldas al espejo grande y cogió uno de mano para verse por detrás.

—Kelly —Melissa detuvo a su amiga cuando estaba en posición vertical—, falta una cosa.

—Melissa, deja de preocuparte. Estás perfecta.

—Es que… llevo calzoncillos.

Melissa sintió en la cintura la ancha tira elástica de sus calzoncillos. Nadie los vería, pero ella sería consciente durante todo el día de que estaban ahí.

—¡Uf! ¡Aj! ¡Quítatelos! —Kelly estaba ya junto a los cajones de la cómoda. Tendió a Melissa unas bragas de color rosa fuerte con corazoncitos rojos—. Ponte estas. No te preocupes. Están limpias.

—¿Estás segura? —le preguntó Melissa.

—Claro. Además tengo muchas.

Melissa se giró y empezó a quitarse la falda morada.

—No tienes que quitártela. Te las puedes poner por debajo. Las faldas son geniales para estas cosas.

—Ah, vale.

Melissa se quitó los calzoncillos, se puso las bragas y se las subió por debajo de la falda. De no ser por la frialdad de la tela en su piel, perfectamente podría haber pensado que no llevaba nada.

Kelly pegó un salto cuando oyó que llamaban a la puerta.

—¡Vamos!

Kelly hizo entrar a su tío en el pequeño apartamento. Bill Arden podría haber sido hermano gemelo del padre de Kelly, tenía incluso el mismo amigable brillo en sus ojos oscuros. Era pintor, y llevaba las zapatillas de deporte llenas de manchas de pintura azules y rojas.

—Bueno, chicas, os habéis puesto demasiado elegantes para ir al zoo —comentó el tío Bill.

—No todos los días nos invita un hombre guapo a ir a Nueva Yooork. —Kelly pronunció el nombre de la metrópolis como si fuera una pueblerina.

—Al menos lleváis calzado cómodo, que es más de lo que puedo decir de casi todas las mujeres a las que llevo a la ciudad. Aunque no es frecuente que goce de la compañía de dos guapas jovencitas a la vez. Kelly, ¿quién es tu encantadora amiga?

—Se llama Melissa. Es un poco más tímida que yo.

A Melissa le daba miedo moverse, la ponía nerviosa la posibilidad de que un mal paso rompiera la magia.

—Encantado de conocerte, Melissa. —El tío Bill tenía la mano grande, y su apretón fue firme, aunque sin estrujar demasiado—. En cuanto a ti, mi querida sobrina —siguió diciendo mientras abrazaba a Kelly—, estoy seguro de que un rinoceronte enloquecido sería más tímido que tú.

—Lo dudo —dijo Kelly—. Pero solo hay una manera de descubrirlo. ¡Al zoo!

Kelly cogió dos chaquetas, tendió una a Melissa y saltó por el cemento agrietado hasta el coche del tío Bill.

El viaje hasta el zoo duró casi dos horas. El tío Bill cantaba las canciones de la radio en voz alta y desafinando. Kelly cantaba con él cuando se sabía la letra. Melissa, sentada en el asiento de atrás, admiraba los remolinos de su falda. Tocó el dobladillo, algo más grueso que el resto de la fina tela. Se sacudió la parte de abajo de la blusa con las manos y se pasó los dedos por el pelo. Extendió la mano hacia delante y Kelly se la apretó.

Si Melissa se inclinaba hacia la derecha, se veía en el espejo retrovisor. Le costaba no reírse encantada. Miró por la ventana y contó cien postes de teléfono. Dos veces. Las dos veces su deseo fue quedarse así para siempre.

Al final, Melissa vio un gran cartel verde del zoo del Bronx con una gruesa flecha que señalaba hacia la derecha. El tío Bill salió de la autopista y al poco tiempo estaban pagando la entrada de un enorme parking. El tío Bill dejó atrás una larga fila de coches y aparcó en un sitio vacío al final.

El aire olía sobre todo a hierba y a heno, aunque con un ligero toque a caca de animales. Melissa sabía que el olor iba a ser más intenso, pero no le importó: iría todo el día de un lado a otro vestida de niña. Los niños, los mayores e incluso los animales la verían, y nadie aparte de Kelly y ella sabría nada.

A su alrededor, los adultos lidiaban con bebés y con cochecitos mientras los niños más mayores esperaban de pie. Kelly, Melissa y el tío Bill se dirigieron a la caseta de la entrada. Había un poco de cola, pero avanzaba deprisa y no tardaron en entrar.

Melissa y Kelly se rieron con los juguetones monos, se estremecieron al pasar por la zona de las escurridizas serpientes, se quedaron embobadas ante los ositos pardos y observaron los dientes de los tigres. Melissa se sorprendió al ver su reflejo en un cristal delante de una pecera de exóticas y brillantes medusas: veía a una niña.

Se detuvo en la zona de las tarántulas. Las arañas peludas eran especies mucho más grandes que la de Carlota. Aun así, Melissa dio las gracias a cada una de ellas en silencio. Buscó telas de araña, pero no vio ninguna.

Cuando salieron de la zona de los insectos, Kelly dijo que tenía que ir al baño. Melissa se puso nerviosa. No iba a poder esperar a llegar a su casa para ir al baño también ella. Se miró la falda. No podía meterse en el baño de los hombres vestida así.

—Volvemos enseguida —dijo Kelly.

Cogió a su mejor amiga de la mano antes de que pudiera protestar y la arrastró hasta una puerta con un cartel con la palabra MUJERES y un dibujo de una figura con una falda triangular. Kelly empujó la pesada puerta metálica del baño como si tal cosa y tiró de Melissa.

El aire era fresco, húmedo y olía a almizcle. Las baldosas eran grises y verdes, no rosas, como había imaginado Melissa. Lo primero que vio es que no había urinarios, sino solo una fila de compartimentos a la izquierda y una fila de lavabos, espejos y dispensadores de jabón de color rosa a la derecha.

—¿Estás bien? —le preguntó Kelly.

Melissa asintió, pero no dijo nada. Estaba en el baño de mujeres. Ni siquiera la elocuente Carlota habría podido explicar cómo se sentía en aquel momento.

Se metió en un compartimento y cerró la puerta, encantada de la privacidad. Se levantó la falda para verse las bragas, cubiertas de corazoncitos rojos. Se las bajó, se sentó e hizo pipí como una niña. Luego ni siquiera se lo contó a Kelly. Aquella parte de su fantástico día fue su secreto personal.

A primera hora de la tarde, Kelly, Melissa y Bill estaban cansados y hambrientos. Kelly encontró un puesto de comida en el mapa, justo después de la zona de los tigres. Les llegó el olor de la comida antes de que hubieran visto las mesas de merendero alrededor de un estanque lleno de pájaros. Sombrillas de color naranja de una marca de batidos de fruta daban sombra a decenas de familias. Algunos comían hamburguesas, perritos calientes y patatas fritas, y otros saboreaban bocadillos y tentempiés que sacaban de neveras que habían llevado de casa. Los pasillos estaban llenos de cochecitos de bebé, y los niños más mayores corrían entre ellos y gritaban muy contentos. El tío Bill les preguntó qué querían comer y se colocó en la fila mientras Kelly y Melissa esperaban mesa.

—Bueno —dijo Kelly—, creo que hoy ha sido un éxito. Ya estoy pensando en qué nos pondremos la próxima vez.

—¿Quieres decir que volverías a hacerlo?

—Melissa —dijo Kelly poniendo los ojos en blanco—, me paso la vida rodeada de hombres. Mi padre. Mi tío. Hasta hace unas semanas, pensaba que eras un niño, en serio. Me encanta pasar un rato con una amiga.

—¡Bueno, las dos parecéis muy contentas! —dijo el tío Bill al tiempo que dejaba en la mesa una bandeja con refrescos, perritos calientes, un bote de ketchup y un enorme recipiente de patatas fritas.

—Lo estamos —contestó Kelly.

Una oleada de calor recorrió a Melissa desde lo más hondo del estómago hasta los dedos de las manos y de los pies. Pasó el brazo por los hombros de Kelly. Kelly sacó su cámara, alargó el brazo e hizo una foto de las dos sonrientes.

Aquella tarde Kelly hizo muchas fotos más a Melissa. Y ni una vez le pidió que posara. No fue necesario. Melissa siempre estaba perfecta.

Cuando volvieron al coche, Kelly, el tío Bill y Melissa estaban agotados, aunque apenas empezaba a ponerse el sol. El tío Bill paró para tomar un café y espabilarse, y Kelly se quedó dormida en cuanto se metieron en la autopista. Pero Melissa no dio ni una cabezada. No podía. Se pasó todo el viaje rememorando la mejor semana de su vida.

Hasta aquel momento.

Agradecimientos

No podría expresar hasta qué punto estoy en deuda con mucha gente que ha ayudado a crecer a mi niño en los últimos doce años, desde el «Debería haber un libro sobre un niño transexual» hasta la historia que tienes en las manos. Pero voy a intentarlo.

Mi más profunda y sincera gratitud a Jean Marie Stine, sin el cual este libro seguiría siendo un montón de capítulos en un disco duro obsoleto. Gracias infinitas a mi agente, Jennifer Laughran, que más parecía una monitora de aeróbic: «¡Lo estás haciendo genial! ¡Revísalo solo una vez más!». Y todo mi reconocimiento a mi editor, David Levithan, cuyo incansable entusiasmo por George no podría ser más estimulante. Gracias a Ellen Duda por una cubierta que me hizo llorar de felicidad, y a los correctores, que mejoraron el texto de principio a fin.

Todo mi cariño para Beth Kelly, mi primera compañera de escritura, y para Blake C. Aarens, mi última compañera de escritura. Y mucho amor y agradecimiento para el sinfín de amigos y familiares que leyeron esta historia en sus muchas etapas: mis padres, Cindy y Steve Gino, y mi hermana, Robin Gino Gridgeman. Mi querido compañero de vida, James McCormack. Y Amy Benson, Lilia Schwartz, Matilda St. John y Amithyst Fist.

Y a los amigos y familiares cuyo amor y apoyo me permitieron escribir y acabar este libro. Mi abuela y mi abuelo Gino, mi tía Sue, mi tío Paul, mi abuela y Rick Scott, mi tía Jerilynn, Wes, Anna, Kadyn y Brinley. Y Sondra Solovay, Joe Libin, Frankie Hill, Alicia Stephen, NOLOSE y todos los *radical fats*, y a muchas otras personas… Necesitaría otro libro para daros las gracias a todos. No sabría deciros cuánto os quiero.

Índice

Índice